U0633176

希望

姚迦 著

山东城市出版传媒集团·济南出版社

图书在版编目(CIP)数据

希望/姚迦著. —济南:济南出版社,2022.6

ISBN 978 -7 -5488 -5151 -6

Ⅰ.①希… Ⅱ.①姚… Ⅲ.①叙事散文—散文集—中国—当代 Ⅳ.①I267

中国版本图书馆 CIP 数据核字(2022)第 098889 号

希 望

XIWANG

出 版 人	田俊林
责任编辑	秦 天 惠汝意
装帧设计	王 焱
出版发行	济南出版社
地 址	山东省济南市二环南路 1 号(250002)
编辑电话	(0531)86131746
发行电话	(0531)67817923
印 刷	济南乾丰云印刷科技有限公司
版 次	2022 年 6 月第 1 版
印 次	2022 年 6 月第 1 次印刷
成品尺寸	145mm×210mm 32 开
印 张	9.25
字 数	192 千
定 价	58.00 元

(济南版图书,如有印装质量问题,请与印刷厂联系调换)

自　序

生命的旅途中，我们总会遇到许多同路人。

有的人你一直记得，有的人你很快忘记。

有的人你留下了电话号码，等想打电话时，才发现已是空号。

还有更多的号码一直在你的电话簿里沉睡，你甚至已经忘记了它们的存在。

你和那些同路人，有的会郑重说再见，有的在不经意间挥手告别，更多的是不辞而别，再或者转身决绝离开。从此，他们就成为你记忆中的一个背影，一个手势或一段故事。

这些关于他们的故事，构成了属于你个人的生命记忆，也照见了你自己——当时当地的自己。

把他们写下来，就是我创作这本书的初衷。

所以，这本书是表达也是记录，是描写更是回忆。书里面没有大人物、大事件，都是这个时代的平凡人和平凡事。

相信很多人会在这些故事中看到自己，不是在那些喧嚣的社交软件里想让别人看见的自己，而是躲在人后的，或脆弱或寂寞的自己。对，就是那个并不尽如人意的自己！

所以，我记录的既是他们，更是我们，包括翻开这本书的你。

这是个伟大的时代，我们生而平凡，就像一朵朵小小的浪花。时代的洪流裹挟着我们，催促着我们——跟上，跟上这个众声喧哗的时代。

可我想慢一点，再慢一点，静静地用这些文字，梳理我遇见的这些浪花的行迹，记录下它们在时代奔腾的大潮中发出的声音，无论那声音多么微弱。

即便，这一朵朵浪花，注定要消失在旅途中，但它们一样努力地折射过太阳的光。那光或许短暂微弱，却恰恰照见了我们这些普通人，在这个时代是如何认真地经历着、挣扎着、努力着。

是的，我们就是浪花，我们唱着歌从四面八方奔涌而来，汇聚在一起。我们在阳光下闪烁，并用自己最大的声音对这个世界说：

“喂，你好！我们来过，我们爱过，并将依然爱着！”

谨以此书，献给爱我和我爱的人们。

目　录

故乡篇

旅途篇

师生篇

亲子篇

杂感篇

故乡篇

沱江啊沱江

故乡是一座风景秀丽的城市，因盛产甘蔗、蜜饯，曾经有过“甜城”的美誉。除此之外，那里还有一条名叫沱江的大河。

父母当年的单位就在沱江边上，我们这帮家属子弟就在河边长大，它是我们童年快乐的源泉，也是我魂牵梦绕的记忆之河。

记忆里，沱江的一年四季都很美。正是它的四季更替，陪伴和见证了我们的成长。

春天的清晨，河堤上杨柳抽出金黄的枝条，随风轻摇，空气里满是青草的香味。红彤彤的朝阳刚升起来，阳光像金子一样洒在水面，波光粼粼，不时有水鸟低飞掠过。

远处山坡上桃花、梨花、杏花都开了，红的、白的、粉的，近处地里的油菜花也开得金黄。还有一种蚕豆花也正当时，虽然小，却像迷你版的蝴蝶兰，一丛一丛很是好看。

对岸是一所师范学校，早上的大喇叭里总是放着欢快的歌曲，好像在为这美丽的清晨伴奏。

我和哥哥们就这样每天迎着朝阳，背着皱巴巴的帆布书包去上学。

我们的学校是一所子弟学校，开设了小学、初中、高中，可谓建制完全，学生多的时候也有两三千人。

学校离河边也很近。因为厂子大，宿舍楼比较分散，住得近的同学几分钟就可以到校，住得远的同学却需要走二十多分钟。但不管远近，大人从不接送，即便父亲就是学校的老师，我们也从不愿和他同行，嫌拘束。

从宿舍到学校，有几条路可以选择，但我们都只喜欢走河边的那条。

一般来说，只要哥哥们走出家门，很快就会把我甩下——他们急着去寻他们的乐子。我也不追他们，因为我也会碰上自己的小伙伴。

这一路上，要经过一大片油菜花地，蝴蝶、蜜蜂就在那金灿灿的花丛中上下翻飞。只要一看见它们，我和小伙伴就迈不动步了。

如果是蜜蜂，我们会用纸折出指套，套在手指头上去捉它们。

如果是蝴蝶，我们就脱下外套，静静走过去，看准它们停在那里不动的时候，突然用衣服把它们扣在里面，基本上是手到擒来。

这套抓蜜蜂、蝴蝶的把戏天天玩，天天都不腻，而且一玩起来很容易忘了时间。

所以，我们总是在离校门口最近的地方玩，因为这样的话，我们听见预备铃，现跑也来得及。不过像我这样短跑不及格的人就要小心了。

要是不幸跑慢了，被执勤的老师抓住，回家可能就要吃大人的“笋子炒肉”。

夏天就更有意思了，河面更加宽阔，河里的渔船也多了起来，来回穿梭。船老板们忙活着撒网捕鱼，不时还扯着嗓子喊上几句小调。

坡上的夹竹桃，白色和粉红色的花挤在一起，开得蓬蓬勃勃，热闹极了。还有河滩附近大人们开的自留地里，豇豆、茄子、丝瓜、南瓜、西红柿、辣椒，都卖力地生长，开出各种颜色的花来。

这时，走在河堤上，看着碧波荡漾的河水、两岸绿油油的山坡，到处生机盎然，心里别提多美了。

对男生们来说，夏天好玩，当然还是因为能游泳（老家话叫洗冷水澡）。

对面河滩上有个水塔，已经很破旧了。我们经常把它想象成碉堡，担心里面有机枪子弹扫射出来。

水塔旁边有几棵很大的桑葚树，游过泳的男生最喜欢爬到树上摘桑葚吃，一个个吃成紫嘴唇，再游回来。也不知道他们的体力怎么那么好，沱江河面那么宽，游一个来回并不容易。

至于女生，大多不敢真下水游泳，就在浅滩处玩水，比如打水漂，或者把裤腿挽起来，比赛往深的地方走，看谁最先认输。现在想来，当然是个子高的赢啊，毕竟谁若把衣服打湿了，回家就惨了。

夏天，尤其暑假，是我家上演侦查与反侦查最频繁的时候。

因为贪玩，免不了说谎，父母就用各种手段让我们承认。

母亲一般先出场，作为父亲上场之前的一个铺垫。

她每次都问："妹妹，今天哥哥们去洗冷水澡没得？你老实讲，我不给他们说。"

（我能说吗？这是违反小集体组织纪律的！我可不想被他们俩开除在外，以后就没人带我玩了。）

所以我说："没有！"

母亲说："没有？我不信，我就知道你们是穿一条裤子的！"

（知道还问！我从小捡哥哥们的裤子穿，穿少了吗？我是一直穿到读初中啊！你以为我不想穿花裙子吗？这不是条件不允许，没办法嘛。搞得我当时基本就是一个假小子，现在也一样。）

母亲的攻心计无效，然后轮到父亲上场。

这位天天和学生斗智斗勇的高手也不说话，只是用指甲在哥哥们的胳膊上轻轻一划，他们的皮肤上立马出现一条白道道。这时爸爸就摆出一副"你们还能骗我"的神情，问："这是啥子？不是泡了水会这个样子？"

哥哥们只好乖乖承认。

承认后，自然少不了家法伺候。

我家的家法不是棍子打，而是跪一条方凳子，注意，是硬竹篾编的！

普通等级的错误是跪上半小时。想想，跪在那竹篾上其实十分钟就够受了。至于高级错误，时间就不可知了，得看父亲的心情和哥哥们认错的态度。

至于我，他们知道我不会游泳，就不问这个。

他们问的是："你是不是又去玩河沙了？"

"没有！"（还是不能承认啊。）

"脱鞋。"

脱就脱。（嘿嘿，我光脚玩的沙，上次被你们查，我还不进步吗！）

"查完没有？"

母亲说："你蹲下，看你头发里是什么？"

（呃，又暴露了！我记得让同学帮我检查了啊。难道以后还得洗完头发才回来？）

"好吧，我错了。"

只要认错态度良好，父亲对我总是网开一面，不会上家法。

秋天，沱江的河水比夏天的清澈，有一层淡淡的蓝色。河边的芭茅花开了，白晃晃的一片，风一吹，哗啦啦响，既好看又好听。可以钻里面玩捉迷藏；可以一人摘一条芭茅杆玩骑马打仗；要不就是用芭茅挠人家脖子，惹得大家疯作一团。

芭茅看着寻常，但其实摘几条，随便找个瓶子一插，就是很好的艺术品。

山坡上的野菊花，这时也成片地开着，黄色白色的都有，大人们也让我们摘一些回家，晒干可以煎水喝，败火。

如果眼睛尖，还可以在草丛里找到一种红色的小浆果，吃在嘴里甜甜的，就是比较少，很稀罕。

因为不再是汛期，河水退下不少，河滩上有不少鹅卵石露出来供我们把玩。大的、光滑的石头，可以选择搬回家，并不是为了装饰，而是用来压凉席，因为南方的凉席是竹篾编的，刚买的新竹席的边角总是翘着，需要压一压。

时间一长，等凉席压平整了，石头也摸圆了，睡觉都可以搂着，凉凉的，非常舒服。

如果在河滩捡到大小相仿的小石子，把它们淘洗干净，就可以用来玩抓子游戏。

实在无聊了，那些临河的菜地就免不了遭殃。人家种了什么，我们就去扒拉什么，也不为了偷吃，就是想发个坏。通常还会留个小伙伴放哨，等主人们出来追我们再跑。

一方并不真追，嘴里轻骂着，虚张声势；另一方也不真跑，只是吱哇乱叫地满河沿乱窜。双方都在这半真半假的追逐当中获得了乐趣。

那时河里还有淘沙船，有一段时间，岸边总是堆着高高的沙堆。没人看守的时候，玩沙堆就是我们最疯狂的娱乐。

一到沙堆前，小伙伴们也不分男生女生了，书包一扔，就立马个个都变成勇士，“冲啊冲啊”的喊声震天。

不用说，肯定大多陷在沙堆里面，毕竟我们都不是练过轻功的大侠，每个人玩完都是一嘴沙。

沙堆只要一玩起来，大家就都不想去上学了，所以这项活动通常是放学后进行。

而冬天的沱江，就像是一幅淡淡的水墨画，虽然不再繁花似锦，却胜在清静自然。

清晨，沱江的雾浓得跟牛奶一样，几乎伸手不见五指。河上的汽船也开始常常鸣笛，好像在互相提醒：“我在这儿呢，别撞我！”

小伙伴们早晨上学，在雾里也都是互相喊话：“唉，是你吗？”

等雾散去，差不多就到中午了，河边的小船都上了船篷，船老板们也不再打鱼，都缩在一起打牌玩。

特别冷的年头，故乡的冬天也有零度的时候，但雪是下不下来的，即便有那么一丁点，也是雨雪，落地就化了。

这时，我们就会去河边的菜地里找莲花白，也就是卷心菜。因为清晨，它的菜叶间会结薄薄的一层冰，把这层冰抠出来放在嘴里，有股甜味，美其名曰吃冰。

而这样的季节里最幸福的事情，就是在河边搞火耍。

比如烤红苕、烧香肠吃。尤其是烧香肠，简直就是冬天赐予我们的狂欢，几个人凑在一起才好玩。

通常是一个人负责从自己家里拿香肠；一个人负责收集燃

料，比如书包里不用的作业本、草稿本，或者就在河边捡些枯枝落叶；一个人负责找喝的，饮料当然没有，但从家里弄根甘蔗出来还是可以的。

可要想从家里拿出几节香肠来，还有点难度。因为香肠实在太金贵，大人又有数，所以要想得手，必须选大人不在的时机，悄悄地拿，拿了就跑。

当然，若想不被大人发现，关键是不能逮着一家使劲，得轮流，和“薅生产队的羊毛”是一个道理。

印象中，我们并没有被大人发现过，或者是他们发现了也没声张，谁知道呢。

烧香肠时，要先挖个深一点的坑，不用太大，再把甘蔗横在坑上，用细铁丝把香肠绑在甘蔗上，点上火开始烤，等到嗞啦嗞啦滴油就快好了。

但往往忙活半天，吃，只需要半分钟。

用小刀切开，一人分得一小块，一口就吞进肚里了。那滋味，即便几十年后的今天，我一想到还会流口水。

等吃完香肠，就可以吃甘蔗了，甜的，正好可以解辣。

吃完抹抹嘴，收拾一下残局，怕别人崴脚所以把坑填平。

剩下的，就是装模作样地回家去，一副啥也没干的神情：

“嗯，我们刚从学校学习回来！”

关于沱江的记忆，不光有嬉戏、有童趣，还有对于人生懵懵懂懂的思考。

有一回，我和最要好的伙伴沿着河走了很远。

记得她说："我们先不回家了，看到底能走多远。"

我说："行，我也一直想知道沱江流到哪儿，顺着河就该能走到头吧。"

结果那一天，我们一直走到很晚，河道也不总是畅通，有涵洞的时候还得走到公路上。最后路上没有行人了，我们也有些害怕，好歹想办法找了个公交站，赶上最后一班公交车回家了。

这大概是少年的我，第一次对远方有认真的思考吧。

远方有多远？河的尽头是什么？大江？大海？

那大海的尽头呢？

寒来暑往、四季更替，不知不觉，我们在沱江边长大了，打打闹闹、嘻嘻哈哈、迷迷糊糊、若有所思地长大了。

长大的我们开始向往外面的世界。

于是我们一个个离开了故乡，头也不回地奔向远方，奔向大江、大海、高山、平原、沙漠、丘陵。一路上，我们见到了想要见到的，也得到了想要得到的，更失去了不想失去的，这也许就是成长的代价。

而我们的母亲河——沱江，在这些年里，也经历了污染—干涸—治理。对这些磨难，它始终默默承受，毫无怨言。

即便河道窄了、河水浅了，但这条母亲河仍然像四十年前那样，不管人们归去来兮，都一直在那里静静流淌，用它温暖的怀抱接纳所有的人。

曾经以为关于故乡的很多事我都忘记了，但多少次梦回故里，我总能听到汽笛声声，闻到青草滴着露水的清香，看见浓雾中若隐若现的伙伴们。

梦中的一切都那样真实，一如从前。醒来，却是无比怅惘。

我才明白，故乡和沱江从来没有远离，不管我走多远，沱江的水一直在我的血液里流淌，沱江的雾一直在我的眼前氤氲。

是的，只有沱江知道，我还是我。尽管双目不再清亮，尘满面、鬓微霜，但那颗心依然一派天真，永远装着它的赠予，行走天涯。

钓鱼先生

感谢我的家乡有一条美丽的沱江，不舍昼夜、奔流不息。它是我们孩童的天然乐园，也给了父亲这样的钓鱼人无穷的乐趣。

父亲是名中学教师，在学生和同事眼里，他正直而严肃，有着他那一代人的烙印。但他私底下却是个很有趣的人，教会我很多生活的乐子。

年轻时的父亲，书教得好，爱好也很广泛，篮球、象棋、扑克牌、克郎球都很擅长。可他总说自己最喜欢的还是钓鱼，教书则是为谋生。

的确，做了一辈子教书匠的父亲，天天和孩子们混在一起，不得清静。对他来说，最开心的事莫过于往河边一坐，鱼钩一扔到水里就万事俱休，只等鱼上钩了。

平时的周末不必说，单说那漫长的暑假，父亲几乎天天泡在河边钓鱼，从讲台上的白面书生晒成草帽下的红脸关公，一直要晒得脱去几层皮才算完。

暑假的江边就是他和钓友的赛场。因为痴迷和认真钻研，他的钓术很好。

父亲的战绩，每天通过河岸上的行人和钓鱼爱好者口口相传。类似“某老师今天又钓了几条鱼，最大的几斤重，又拿了第一名”这样的消息，我和妈妈坐在家里也总是能很快收到。

那些日子，爸爸早上天不亮就出门，一直要待到太阳下山才回家。其实，家离河边也就十分钟左右的路程，可爸爸连中饭都不肯回家吃，说耽误事。于是，给爸爸送饭就成了我的任务，因为哥哥们是不大愿领这样的差事的。

没想到，这成了多年后的今天，我常常回忆起的快乐时光。

爸爸吃饭的时候，是由我帮他看钩的。

这份信任让我很紧张，担心上钩的鱼跑掉了。即便今天，我似乎还能看见夏日午后，清风徐徐，蝉鸣声中，岸边一个小女孩坐在小马扎上，双手攥拳，全神贯注地盯着浮漂。

总共不过一顿饭的工夫，感觉却很漫长。我更加奇怪爸爸和那些爱钓鱼的人怎么能坐那一天也不累。

有时爸爸也会给我弄个小钓竿钓着玩，挂上蚯蚓或玉米面做的鱼饵，只是我连鱼咬钩是什么手感都没体会过。

但也有看见浮漂一沉，以为有鱼上钩了的时候，结果拉上来却是一串水草。见我懊恼，爸爸会戏谑地说：“看，这不是钓起来了吗？草鱼！”

我问爸爸为什么我钓不上鱼来。

他说：“因为鱼觉得你没有耐心，不喜欢来。”

爸爸还说过许多有哲理的话，长大后的我才慢慢能够体会。

比如我能记起的关于钓鱼的名言还有：“真正爱钓鱼的人从来不是为了鱼好吃而钓鱼的。”“那些用渔网和雷管炸鱼的人都是生意人，不是真正的钓鱼人。”

可是对他的钓鱼经，母亲大人却总是一肚子意见：“你说钓鱼不为鱼好吃，那为啥？我看你就是为了消磨时间。”

这时的爸爸就会拿他的“千年一句”对付，摇摇头说：“秀才遇到兵，有理说不清。”

令我最得意的事情是，运气好的时候钓的鱼太多，鱼篓都放不下的话，爸爸就会让我中途把鱼送回家一趟，再拿空鱼篓回来。

一路上，总有人拦下我说：“看看，你爸爸今天钓了这么多，厉害哟。”

可相比一路上接受的夸赞和羡慕，回到家里的情况就截然不同了。

妈妈一看见这满满的鱼篓，皱眉说：“这么多，钓鱼的不烦，吃鱼的都吃烦了。”妈妈说的是实话，天天吃鱼，确实吃伤了。

那时家里还没有冰箱，即便有，也放不开。于是我又领了新差事：端着鱼大盆小盆地给邻居、熟人送去，有时自己家连一条也不留。

有一次，唯一的一次，鱼实在太多了，送都送不完，邻居叔叔说：“走，我带你端去食堂门口卖！那里人多，肯定好卖。”

就这样，我平生第一次做买卖。装满了一个澡盆的鱼一会儿就卖完了，一共卖了五元钱。我蹦蹦跳跳地回家给妈妈交差，得到一番表扬。

可是，爸爸晚上回来后却生气了，说妈妈：“你怎么好意思，都是一个厂的同事，钓个鱼还拿去卖钱？”

妈妈更生气了：“你只顾面子，这么多鱼吃不完可惜了。以后你再钓鱼，自己在外面处理，莫拿回家里来烦我。”

打那以后，爸爸钓完鱼经常在河边喊：“来来来，哪个要？这鱼新鲜，拿回去下酒！”

时间长了，有些人干脆就在河边转来转去，等爸爸收竿。

爸爸有时收竿后，也会沿着河岸走上几里路，给我住在河下游的两个姑姑送鱼去。而我因为少了一些送鱼时显摆的乐趣，稍稍觉得有点遗憾。

可毕竟家里不用天天吃鱼了，妈妈也不再唠叨，天下太平。

这样的日子只延续到我上初中。河里的鱼变得越来越不好钓，爸爸就揣上干粮，走很远的路，去那些只有钓鱼爱好者才知道的地方钓鱼。

有些地方的名字还很有趣，比如老鹰岩、芭蕉湾、脚板沟、白马庙、花坝子……

因为爸爸坚持他不钓小鱼的原则，那段时间他钓鱼的战果平平。全家人很久不吃鱼，也开始想念鱼的美味了。

偶尔来条大的，爸爸就会像个得胜还朝的将军那样提鱼回家，妈妈也能和颜悦色地给爸爸弄几个下酒菜，一家人坐在一起吃顿好的。

几杯酒下肚，爸爸就开始话多，一边嘬着酒，一边讲他如何让这条大鱼上钩，如何与之斗争，如何终于将它拿下。

他倒是讲得津津有味、眉飞色舞，可哥哥们早早吃完饭溜了，妈妈也端着碗走到一边去了。每次都只剩下我一位听众，我安慰他说："没事，老爸，你接着讲，你讲的钓鱼经比几何课好听多了。"

时光荏苒，我们兄妹慢慢长大了，各自离开家，各自在命运的航道里找寻自己的方向。

第一年打工回家，我给爸爸带了一根进口钓竿做礼物。这根钓竿非常精致轻巧，爸爸拿到后虽然说很喜欢，却总也不用。

后来爸爸告诉我："这样的钓竿华而不实，只能在水池子里钓鱼玩，根本没法在大风大浪的沱江里面显身手。"

是的，爸爸心灵手巧，他的钓鱼器具大多都是自制的。

比如，钓竿是用山上砍来的竹子削的，鱼钩是用别针磨的，浮漂是用鸡毛或者鸭毛的羽翎做的，挽鱼线的线盘是用木头刻出来的，鱼篓是用竹刀破开竹篾编的。甚至，为了方便鱼饵的供给，连蚯蚓都是他自己在家用盆喂养的。所以经常会有钓友来家里，让他做些小配件，还顺便来要些蚯蚓。

在幼年的我心中，爸爸几乎是无所不能的。

他能用捡来的细铁丝缠上红毛线给我制成发卡；能用竹子编家里所有的背篓、簸箕、凳子面；能下河捞鱼、抓黄鳝，上树掏鸟蛋；能陪我们几个打拱猪，洗冷水澡（游泳）；能让我骑他肩上去家访；能帮学生把坏钢笔修好；能在黑板上不用尺子和圆规就画出笔直的线和溜圆的圆；等等。

就是这样的爸爸，一辈子被我妈随心情戏称为“农民”“酸秀才”“教书先生”“钓鱼先生”的爸爸，慢慢也老了。

前几年在去远处钓鱼的路上，他摔了一大跤，从此妈妈再也不让他独自出门钓鱼，怕他掉到水里。

从此，这位老人的寂寞就和大多数老人一样，在打麻将和看电视中悄悄打发了。

而我儿时的乐土——沱江也在岁月中历经变迁。曾经有一段时间，河水被污染得很厉害，经过大力整治后，又重新清澈起来。

不过，河对岸的菜地和农舍没有了，取而代之的是耸立的高楼。

沿河建起了好几座大桥。渡船消失了，唯一留下的渡口码头修起了长长的木头栈道，供游人在美景中闲庭信步。

河边摇曳的芭茅丛也被拔去，垒起高高的堤坝，孩子们再也不能轻易与河水亲密接触了。

河两岸的山坡上种满了绿植，工艺霓虹灯镶嵌其中，被设计成五线谱的样式，一到黄昏，一个个音符就开始不停闪烁，像在奏一首悠长的岁月之歌。

夜幕降临时，还有精美的画舫在河中慢慢驶过，载着游人们尽情观赏夜景。

这样的沱江，美丽得着实令人有些惆怅。

每次回家，我最喜欢傍晚和爸爸去河边散步。看我陶醉于眼前的美景，忙着四处拍照，亲爱的爸爸大人又说了：“看你喜欢得很。这河水表面好像干净了，其实是河底垫高了。被围成一滩死水，连鱼也不会有了。没有鹅卵石，还不让下河洗澡，这样的河有啥好的？都是人工景色，没得点野趣，连名字都改成甜城湖喽！”

妈妈说：“没有鱼怕啥子，这河修好看了哪点不好？”

爸爸叹口气，又是那句：“秀才遇到兵，有理说不清。”

我说：“不是还有农家乐？我们去鱼塘钓就是。”

爸爸说：“莫得劲，只有你们这些不懂钓鱼的人才会去鱼塘钓。那些鱼都是给主人家饿了好多天的，你就是用一根草都能钓起来。人家巴不得你钓得越多越好，反正最后称重算钱，跟在市场上买有啥区别，哪有啥成就感。”

唉，亲爱的爸爸啊，您一辈子住在沱江边，没怎么离开过小城。您去祖国的大好河山看看，有多少城市还能有这样美丽清澈的河水绕城流淌？

您知道，我多希望我的孩子们也能像我从前那样，拥有一个肆意奔跑、在河边慢慢长大的童年啊。

所以，不管今天的沱江变成啥样，它永远是我的心灵乐土、桑梓故园。

就像您虽然老了，可在我心里，您永远是我超级帅的爸爸，是教会我快乐生活的老师！这一点永远不变。

太平往事

外婆家在一个小镇上，那里山清水秀、民风淳朴。小镇有一个好听的名字——太平。

小镇也是三三小时候最喜欢的去处，大街小巷、坡坡坎坎，都留下了她的足迹。

但少年终归是要长大的，长大后的三三离开了故乡，奔向一个又一个远方，自此远离了她热爱的小镇。

多年以后，蓦然回首，才发现小镇并没有走远，它只是被时光封存。只需要一句乡音、一个人名，关于小镇的往事，就会慢慢开启。

在关于太平的记忆里，外婆只是一个模糊的印象。

外婆离世的时候，三三才几个月大。那个年代的老人迷信，不敢照相，也没有画像，所以三三也不知道她到底长什么样。

据说外婆高大壮实，还有当年少见的大脚。她从小家世殷实，遇到当时还只是游乡大夫的外公后，两人就走到了一起，就像是电视剧里富家小姐爱上穷书生，最后终于功德圆满的故事。

婚后两人一起开了家诊所，凭借外公精湛的医术和两人勤勉的经营，诊所在十里八乡口碑甚好。20世纪50年代的时候公私合营，诊所被国营医院收编进去，外公也因此成为镇中心医院的挂牌医师。

母亲在家中是老大，据说上面还有两个孩子，都夭折了，所以外公外婆对母亲养护得格外小心，生怕她有什么闪失。甚至有算命的说，母亲不能叫他们爸爸妈妈，只能叫大爷和娘娘，这样才好带，于是他们真的照做了。还好，母亲最终健健康康长大。

之后，大舅、小姨、小舅都顺利来到了这个家庭。

外公诊所的生意很红火，加上外婆的勤劳持家，即便在困难年代，一家子也没挨过饿。用父亲的话说，母亲家几兄妹都是背着米柜子长大的，不像他从小吃够了挨饿的苦头。

但即便生活无忧，母亲还是只念完了高小，她说自己不是这块料，不如让弟弟妹妹多念点书。为此，她十五岁就离开老家，通过招工到一个国企当了工人，没想到也因此躲过了上山下乡的命运。

而舅舅们和小姨却都赶上了，去了不同的地方当知青，后来的境遇也截然不同。

大舅最早下乡，几年后回城，通过努力考入一个县城企业，靠着勤奋踏实，从锅炉工做到了工程师，人生算是顺遂。

而小舅运气就没那么好了。他是家中老小，比哥哥姐姐足足小了十几岁，受尽宠爱，但造化弄人，他的命运却偏偏最不济。

外公一直都想让小舅继承他的医术，没想到“文革”一来，计划落空，更没想到小舅下乡后会遭遇他一生中最大的变故。

小舅年轻时浓眉大眼，一米八几的大个儿，这样的身高在小镇乡民中绝对是鹤立鸡群。他还很讲究穿着，出行总是一身笔挺的中山装。可任谁也想不到，就是这个看上去仪表堂堂的人，后来居然得了精神病，孤老一生。

至于小舅为什么会得病，大家都很困惑，觉得很难理解。

听母亲说，起因大概只是一件非常小的事情。

小舅当年下乡的地方生活条件差，冬天没有柴烧，于是，几个知青结伴去偷生产队仓库里的旧门板，劈来当柴火用了。被生产队发现后，其他人一口咬定没有干，小舅年纪最小，才十五六岁，经不住吓唬，就招了，最后被开会批斗，说成是破坏生产的典型。这顶帽子让小舅睡不着、吃不下，只能偷偷躲着哭。

这事小舅从来没对家里提过，后来还是生产队的政委告诉外公的。

谁曾想，这么一件事，竟埋下了小舅终生的病根。

几年后“文革”结束，小舅也终于回到镇上。

外公原就想小舅接他的班，于是让小舅先顶替他的工作，在中心医院干学徒，想着以后再去进修，考取医师资格。

可是，这个计划又落空了。

大家很快就发现小舅不对劲，他经常自言自语，行为怪异。比如给厨房帮厨，不去井里挑水，反而去河里，还经常和人发生冲突。最后院里只好和外公商量，让小舅回去，让小姨顶替外公的工作。

当时，小姨也是回城知青，正在街道小厂当临时工，这个突然的变化让她开始发奋学习。几年苦学后，小姨终于考取了医师资格。

这也许就是命运的安排吧，要不是小舅得病，小姨也不会接了外公的衣钵学医。姐弟俩之后的人生也因为这个安排，紧紧交织在一起。

小姨很出息。她先在中心医院干了几年，20 世纪 80 年代中期就辞去公职，成了个体户，开起了镇上第一家私人诊所，生意红红火火，尤其以儿科闻名。

三三亲眼见过，只要是赶场天，十里八乡的人们赶过来，诊所门口就会排长队。因为诊室位子有限，来晚的人只能抱着小孩站在当街。还得发挂号条按号就诊，免得混乱。

一到散场，小舅就得提着煤灰去街上扫地，因为小孩子免不了随地大小便。用今天的时髦话说，是标准的铲屎官了。

加上小姨父跑客车，收入也可观，所以，镇上的人就偷偷喊小姨“万元户”。三三当时还不懂这些，只知道回老家吃得好、玩得好，还没人管，所以每年都特别喜欢回太平过暑假，一直待到暑假快结束还不想回家，好多次都要爸爸来接才肯走。

从三三自己家回太平镇，也不过两个小时的车程，而且姨父正好跑这趟线的长途客车。每次回去，母亲只需要把三三送到汽车站，亲自交给姨父就行了。

最得意的事情是，小姨家就在最热闹的正街，别人都得进到站内才能下车，三三却可以提前在小姨家门口下车。

每次，姨父连按三声喇叭，小姨就知道有客人到，马上迎到路口。这样的特殊待遇，极大地满足了三三的虚荣心。

太平镇不大，有两条交错的长街和一条清清的小河。

镇上有一所中心小学，父亲曾在那里教过几年书，位置比较偏远，三三很少去。还有一所初中，离小姨家很近，坐在家里就可以听到读书声的那种。

学校不大，却很有些古意。

两栋小楼、一排平房，没有围墙，校门是一个古色古香的牌坊，据说当年是由庙改造而成的。在很长的一段时间里，上下课都是靠打钟提醒。还有校工烧锅炉，给每个教室送热水。

学校的食堂，其实就是一间小屋，开个窗口，挂了黑板，用粉笔写上“今日菜谱”，三三还特意跑去看过。大部分学生不住校，也有少数宿舍提供给住得远的学生住宿。

至于操场，倒很少见的不在校内，而在牌坊校门外面，隔着条小河。学生出操都需要排队走过石桥。操场虽然不是正规的 400 米跑道，但看上去已经很大了。

有意思的是，由于操场在学校外面，所以它也算是镇上的公共资源，镇里开大会、放映露天电影和唱大戏都是在这里。

有一年暑假，小镇还来了马戏团，表演棚子就搭在操场上，狮子、老虎、蟒蛇、大狗熊轮番上阵，三三在城里也从来没有见过这些真家伙。大人小孩都跑去捧场，场面火爆，一连演了一个星期，整个镇子热闹得像翻了天。

这个操场，也是三三和表弟的乐园。

没有电视、手机的时代，很多人家都有晚饭后散步的习惯。尤其是夏天的傍晚，凉风习习，人们摇着蒲扇，顺着小河边，溜溜达达来到操场走上几圈，边走边聊，好不自在。

小姨看了一天病，被病人吵得头大，也会带三三和表弟出来走走。

一到操场，姐弟俩就会开启疯跑模式，宣泄憋了一天的精气神。跑累了，或坐或躺，看着静静的夜空，数数星星，嚼嚼狗尾巴草，摆摆龙门阵，惬意得很。

心情好的时候，小姨也会给三三讲讲她小时候的故事。

有一次散步，小姨遇到一个熟人要看病，只好折返回家。她走前嘱咐三三看好表弟，三三满口答应。

结果去操场之后，遇到一个邻居哥哥在骑自行车。三三一时兴起，非要人家带着她和表弟骑车玩。可带她骑没事，带表弟偏就出事了，车子歪倒在地上，把表弟额头碰个大包，当时就鼓起来了。

表弟可是小姨的心头肉，平时宝贝得不行，在那个年月，都请了阿姨专门照顾他。这一摔把三三吓坏了，还是表弟仗义，说不会告诉妈妈。

三三安慰自己："小姨是高度近视，应该不会发现吧。"

回到家里，三三偷偷把这件事告诉了带表弟睡觉的小阿姨。小阿姨一向很和善，答应帮忙保密，还用猪油给表弟抹了额头。一夜无事。

第二天早上，表弟额头上的包看上去果然不明显了。

可没想到，吃饭时小姨无意中碰到表弟的头，表弟没忍住疼哼了一声，小姨马上警觉起来，仔细一瞧就明白怎么回事了，对着三三那一顿训啊！

三三起先还听着，渐渐觉得委屈，就开始顶嘴，然后跑去收拾东西，说等明天就回家。

小姨一看她这么烈性，也只好作罢。

可转过天来，三三早就忘记了自己的气话，又玩了好些日子才走。

小镇的故事里，除去这些快乐执拗的少年心性，也有一丝淡淡的惆怅，那就是关于小舅的部分。

每次三三回小镇，一看见小舅就想叹气，总觉得他的人生不应该这样。

小舅不犯病时，是很正常的一个人，一旦他坐在门口，冲路过的人傻乐，大家就知道他又犯病了。这时，小姨就会马上张罗着给他吃药。

小舅犯病不骂人也不打人，所以邻里街坊并不怕他。有些爱开玩笑的人还逗他，他也从不生气，光自己笑。

三三讨厌别人逗小舅，盼望他一直不要生病。

因为小舅不犯病的时候，都是他带着三三和表弟玩，还什么都依着他们。

每次见三三回去，小舅比小姨还高兴，他喜欢听三三讲城里的新鲜事。

他一直坚持看报，只穿熨过的衣服。他说他在乡下当知青时，即便是用搪瓷缸子放热水，也一样熨衣服。这种讲究劲，让他无论在乡下还是在镇上，都被大家笑话。

可这一点却让三三对小舅有很复杂的感情，有点敬重，又有点悲哀。

一年当中，他大概会犯几次病，春季为多。有时几天就好，有时要一个月才好。

但暑假的时候，他基本是好好的。

每次见到三三，小舅总嫌她穿得像个假小子，就会找裁缝给她做条漂亮裙子带回城里。镇上的裁缝小舅都很熟，谁的手艺好、谁的面料多、谁的样式新，他都了然于心。

的确，小舅的眼光很好，做出来的裙子样式一点也不输城里。三三每次穿到学校，总有人夸好看，还问是在哪里买的。

这也成了三三爱回太平的一点小私心。

小舅还非常喜欢小孩，只要在诊所看见小娃娃，他就要伸手抱。有的人第一次来时会给他抱，可过后知道小舅有病，就会拒绝。

每当这时，小舅就会讪讪地缩回手。看见他被人拒绝后的这副神情，三三总是觉得很难过。

可等下一次看见人家的娃，小舅还是会伸出手去，不长记性。

当时很多人都说，小舅应该有个婆娘了，说不定有个家再有个娃，他就会好起来。那几年回去，总听小姨说起给小舅相亲的事情，有一次还急得哭起来了。

后来三三才知道，这个小舅始终都是小姨的心事和重担。

外婆去世得早，对小舅没有什么交代，但外公去世时，特意在遗嘱里写明，他的遗产就是这当街的一套房子，谁继承了这套房子，谁就要负责小舅的生活和未来。他担心小舅会孤老一生。妈妈和大舅都已在外地安家，只有小姨接下了这个重担。

小姨真的说到做到。一直以来，小姨对小舅就像母亲对儿子一样，居然因为他讲究穿，在那个年头就给他订了《上海服饰》这样的时装杂志，可以说是对他百依百顺。

还好，姨父人不错，不说什么。小舅一年总要做好几身新衣服，都是好料子。他平时帮小姨在诊所挂个号、打个下手；犯病的时候，就小心养着，吃各种药和补品，养得白白胖胖。

一晃小舅到了三十多岁，其间相亲无数。别看他常常发病，可审美还很严格，人家挑他，他更挑人家。

在小姨和热心人的努力撮合下，那一年，小舅终于结婚了。

从彩礼到婚宴，小姨不惜血本，花掉很多银子，把婚礼办得风风光光，她说这也是给小舅转转运气。但小舅的婚姻还是只维持了不到一年就遗憾收场了。

这个舅妈，三三就见过一面，人长得挺标致，据说有过一段婚史，没有孩子，没想到人品不行，最后弄得一家人鸡飞狗跳。

小舅一开始极力挽回，可后来看她实在不像话，搅和得诊所都快关门了，只好彻底死心。

小姨无奈又花一笔钱打发她走。后来听镇上人说，这女人有骗婚的嫌疑。

从此小舅就放下了结婚的念头，把更多的精力转移到了吃和穿上。

也许是因为药物的副作用，小舅饭量越来越大，还总喊饿，每天早上刚放下筷子，就开始计划中午的伙食。小姨怕他太胖，想让他适当节食，可小舅哪里肯依，不给吃就吵闹。小姨无奈，也只好随他去了。

都希望岁月静好，可时代的变化却在不知不觉中到来。尤其想不到的是，小姨的诊所有一天也会走下坡路。

一是大医院开始改革，对病人的医疗保障更好了。

二是人们的经济条件越来越好，给孩子看病更加倾向于去大医院。

三是镇上的私人诊所越来越多，竞争激烈。

于是，诊所的生意每况愈下。尤其是因为原来处于最好路段的老宅子，因年久失修面临倒塌的危险，小姨痛下决心拿出积蓄，还欠下债务，搬到新区，盖了一栋三层楼的新房子。

可等房子建成，挂牌营业时却没有迎来预期的生意兴隆，每天就零星几个病人，与以前一天几十个相比简直是天壤之别。

就这样，到了 20 世纪 90 年代后期，小姨一向优裕的生活变得紧张起来。

所谓祸不单行，姨父的车队也由国营变成了私人承包，各种考核非常严苛。后来因为一次车祸，姨父不但自己赔了不少钱，还提前下岗了，每月就领点下岗工资。

一家人的重担一下子全部压在小姨肩头，无所事事的姨父只能在诊所帮忙，这下愈发显出小舅的多余来。

早些年，姨父毕竟一天不着家，与小舅接触有限。现在好了，俩大老爷们儿天天在家大眼瞪小眼，互相看不顺眼，经常发生争执，弄得小姨疲惫不堪，天天说好话，只求相安无事。

表弟也一天天长大了，大学考得远远的，毕业后留在了大城市。

眼见着半生已过，小舅终于放下了讲究的习惯，不再一年几身新衣裳，不再熨衣服，也不再看见小孩就伸手了。

而三三自己，也有很多年没有回过老家了。

去年清明节，三三又回到阔别已久的太平小镇。回去那天，正好逢场，乡亲们摩肩接踵，本就狭窄的正街被挤得水泄不通，车被堵在路口进不去。

远远能看到小姨家，诊所的招牌已经发黄，房子也老旧不堪。几个老太太坐在门前的条凳上，弓着腰，暖着手说话。

下车走过去，一个穿着大花棉袄的老人在当中站起来，笑眯眯地瞅着三三一行人。三三几乎不敢认，这就是小姨？

当年一身白大褂意气风发，被病人众星捧月般的名大夫，已变成一个居家打扮的老太太，让人唏嘘。

再看小舅，快六十岁的人，虽然发福，但身板还算挺直，还是大高个儿，没有老到认不出，不像小姨变化那么大。

进门后，大家一起坐下喝茶叙旧。

听小姨说，她和小舅已经不在一口锅里吃饭了，因为吃不到一起去。反正房子很大，三层楼，正好一人一层，谁也不用将就谁。

楼梯间养了条大狗，即便拴着也很凶的样子，由小舅负责照顾。

三三没法多停留，因为还要去十几里以外给爷爷奶奶上坟，就在诊所门口给小姨他们拍了张合影。

三位老人听说要拍照，还特意去换上自己过节才穿的好衣裳，在镜头前都笑了。

知道三三和表弟常联系，小姨说："你记得帮我劝劝你弟弟，让他快点结婚，我想早点抱孙子！"

如今的表弟也是大夫，算是继承了外公和小姨的衣钵，前途无限。

小舅见三三赶着要走，遗憾地说："下次回来要久点，还给你做你最喜欢吃的青豆烧鸭子。"

他还记得！这道菜是三三当年的最爱，以前赶场天，小舅经常去买鸭子做给她吃。多少年没有吃过这一口，现在乍一提才猛地想起来。

人在外面的世界待久了，容易变得什么都不在意，只有这些活得老派的人还什么都记得。

往事如烟，太平的往事却如同一幅水墨画，淡而清静，静静地挂在三三心上。

三三的相册里有一张黑白相片，是她和表弟还有小舅唯一的合影。那还是小舅为庆祝她初中毕业，特意带着他们去照相馆拍的。

当时三三还嫌他讲究，不情愿去。那年三三十四岁，表弟七岁，小舅应该三十岁左右，还没结婚。

相片上，三三和小舅一脸严肃，显得很拘谨，只有表弟神情自然，小小孩儿，露着个门牙豁笑着。

一晃二十多年过去，三三和表弟都长大了。

小舅老了，太平也老了。

三三想着：明年一定要约着表弟一起回太平，和小舅再去照相馆拍一张合影，还拍黑白的。这次又该庆祝什么呢？

庆祝大家的生活还算太平！

要谢谢外公外婆当年选了这个叫太平的小镇安家。

露天电影

20 世纪 70 年代出生的人，大都看过露天电影。

在那物质和精神都匮乏的年代，露天电影是无数人的心灵慰藉，更是一代人的集体记忆。

当时父母在一家大型企业工作，厂里设施完备，图书室、医院、邮局、澡堂、宿舍楼一应俱全。学校从幼儿园办到了高中，还有技工校，除了没有自办大学（如果职工夜大也算大学的话，就算齐活）。

作为职工子弟，我们这帮孩子几乎不用和外界接触，在这个企业为我们创造的小天地里，就可以无忧无虑地长大了。

除了厂子旁边那条沱江，我们最常去的地方就是灯光球场了。

在那里，我们可以去舞台后面的图书室看书，可以打篮球、打羽毛球、滑旱冰，可以看晚会、听川戏、看比赛。

最重要的是，它还是看露天电影的圣地。

记得那时厂里每周二都放电影，下雨才会取消。但如果在放的时候突然下雨，也会坚持放完，去留由人。

到了周二那天，小孩子们会早早吃了晚饭，领了大人的吩咐——不要乱跑、不要把凳子弄丢了等，再扛着自家的长条凳去灯光球场上占位子。这样大人们可以在家收拾收拾再去，我们也可以提前去球场上疯一阵。

没等走到球场门口，就能听到球场广播里传来欢快的歌声，像《太阳岛上》《年轻的朋友来相会》《边疆的泉水清又纯》等，都是20世纪80年代最流行的歌曲。每次听到它们，我心里都会生出一种说不出的幸福感。

尤其是那首《泉水叮咚响》，只要旋律响起，我就觉得自己也是那叮叮咚咚的山泉，在努力奔跑，奔向未知的世界。

去到球场上，找个自认为好的位置，把凳子放倒，就算完成大人布置的任务了，剩下的就是结伴玩耍。“冰糕化”“跳房子”、扔沙包、踢毽子、扇纸壳……都是那个年代小孩子的自创游戏，不用花钱还好玩。

那一刻的灯光球场，相当于我们的游乐园，一派欢乐的海洋。

占位子的时候，有人还会拿粉笔围着自家凳子画个框线，有的甚至会写上名字。当然这不过是小孩子们的把戏，一会儿人多了，这些框线就不作数了。有时甚至会发生凳子失踪事件，我家就遇到过一回。

那天是安排大哥先去占位子，结果等我们去时，找不着我们家的凳子了。也许是别人拿错了，反正板凳都长得差不多。就连大哥也不知跑哪儿去了。

一家人到处找，等大哥回来时，才发现凳子被人给移到犄角旮旯了，位置奇差，我们几乎看了一晚上后脑勺。

散场后，父亲责怪大哥贪玩没有守着位置，还差点弄丢了凳子。可怜的大哥，那天位子没占着，倒占了一肚子委屈。

不过，各家位子占得理想与否，大人满不满意，都没关系，反正天一黑，电影就开场了。

那时放的大都是黑白电影，有战争片，像《上甘岭》《地道战》《地雷战》《南征北战》一类的；也有故事片，记得住名字的有《马路天使》《一江春水向东流》《七十二家房客》。不用说，我们小孩子自然是喜欢看打仗题材的。

还有一部叫《三笑》的电影，让我印象很深。它是当年非常少见的香港片，这部取材于唐伯虎点秋香的戏曲片，因为演员扮相俊美、情节轻松有趣，加上旋律优美的唱腔，在那个电影题材单一的年代，确实令人耳目一新。

可能因为大家的反响太过强烈，厂里一连放了三天《三笑》，这是从来没有过的盛况。母亲非常喜欢这部电影，带着我们连看了三遍，里面有的戏曲唱段至今我都能哼出来。

还记得里面那个女主角很漂亮。长大以后我才知道她叫陈思思，是当年在香港风华绝代的女明星。这部20世纪60年代拍摄的片子，在内地创下了观影奇迹！

我再长大一些的时候，厂里放的电影类型越来越多，诸如武打片、侦探片、喜剧片等，花样翻新。

不过，我们那时又变了口味，喜欢热热闹闹的歌舞片。除了印度歌舞片，有一部叫《霹雳舞》的美国片也让我记忆犹新，看完之后，大家都被里面的舞蹈大神震住了。

国产的《摇滚青年》也不错。有些男同学模仿里面的动作跳，跳起来也很帅，可老师不喜欢。

其实，对我们小孩来说，爱看电影的原因除了热闹，还有看电影的时候能买一些小零食吃。

到了灯光球场，大人忙着互相打招呼，我们也凑上去喊人。只要嘴甜，多抠门的父母好像到这时也突然大方了，会同意我们的一些要求，比如买包瓜子、蚕豆，买根冰糕，或者几块糖。

想想看，一边看电影，一边吃着平时吃不到的零食，还有什么比这更享受？

当然，花钱买零食这种情况，在我家还是比较少的。

我精打细算的母亲，通常会在爆米花老大爷来的时候，用家里的米或蚕豆去爆一些，放在大玻璃瓶子里，免得受潮。平时锁起来，只有看电影的那天晚上，才会发给我们三个孩子一人一荷包。

走在去灯光球场的路上，我们摸着鼓鼓的荷包心满意足，也不在意是不是从外面买来的了。

零食再好吃，也有吃完的时候，就像电影再好看，也有散场的时候。

一到散场，灯光球场比开场前还混乱。开场前毕竟天还亮着，什么都好说。散场的时候，天那么黑，球场出口又比较拥堵，昏黄的路灯下，各家都怕把自家的娃弄丢了。这时就会听见爸妈们此起彼伏地喊娃名字的声音，尤其是妈妈们的声音格外响亮：

“那谁，别跑别跑，看挤着你。”

“那谁，牵着我衣裳角角，听到没有，挤落了莫哭！”

“老大，把弟弟看好，抱起来走前面！”

“幺幺，喊你快点，我手不空，跟着我。”

“王三娃，你还没耍够吗，回家收拾你！”

“林二妹，来背妹妹，快点哟！我要拿东西。”

除了喊娃的主旋律，也有别的插曲，五花八门：

“哎呀，你个烟枪，烟头子烫到人了，你晓得不？”

“你这个人走路晃啥子嘛，显得你屁股大吗？”

“前面的快点走，后面的莫挤，都自觉点！”

“哎呀，哪个背时鬼，踩到我鞋子了！”

“我的眼镜，哎呀，糟了糟了，落哪里去了。”

“看嘛看嘛，挤嘛，我的军挎包包都挤烂了。”

这样的散场，我大多在爸爸的背上安然度过。但有一次，我也为这首大型“交响乐”贡献过不和谐音符。

记得那天电影放到一半，突然下雨了，通常这种情况都是观众到银幕的后面接着看——那里是舞台，有顶子能避雨。于是我们也跑到银幕后面去，人挤人地勉强看完。

从舞台楼梯下来的时候，楼梯太窄，人太多，拥挤程度比平时更甚，大人小孩简直乱成了一锅粥。

爸爸紧紧牵着我的手走下楼梯，准备站定再背我。就在这时，我感到头部一阵疼痛，还没弄清是咋回事就哇地哭开了。

父亲急忙抱起我，才知道是前面一个大人扛着条凳回头时，动作大了点，那凳子腿正好抡在我的额头上。父亲一边哄我，一边和那人吵了起来。

回到家，我额头上起了个大包，用猪油抹了，好几天才消下去。

唉！现在想来，不全怪那个大人，是我的个头长得正合适，不高不矮，正好在那个凳子腿的动作半径里。

那是多么热闹的夜晚啊，我们每一个人都在看戏，我们每一个人也都在演着戏外戏。

如果说灯光球场是我们心目中的天堂，那露天电影就是我们的梦工厂，我们和电影里的人物一起笑、一起哭、一起做梦、一起慢慢地长大。

可长大的我们完全没想到，曾经那样热闹的灯光球场和露天电影，在时光车轮的推动下，也会慢慢地退出历史舞台，永远地离开我们。

20 世纪 90 年代，厂里修了电影院，灯光球场只剩下开会和比赛的功能，小孩子也不大去那里玩耍了。图书室也很少有人去看书，冷清了许多。

按说有了电影院，我们不用再占位子，不用再担心刮风下雨，也不用再担心谁家的凳子抡着谁了。可奇怪的是，新建的电影院从来没有爆满的时候，也不知道是因为电影的选择太多，还是我们的胃口变刁了。反正，工会发的电影票，大部分时候都没人用。

即便是那些大热的电影，大家也都是三三两两地约着去，少了很多从前的期盼和热情。

是的，那些牵娃带崽、全家总动员的夜晚早已远去了，就像灯光球场上那些不用花钱的游戏和简单的快乐，都远去了。

所幸，关于露天电影的记忆，还刻在我心底，依然那么动人，那么难忘！

少年的梦

十三岁那年，顾小伍离开农村来到父亲身边，和父亲一起有了一个家。说是家，其实也有点勉强，那不过是单位分给父亲的一间单身宿舍而已。

父亲一个人在城里生活了很多年，顾小伍的到来，也没有使父亲的生活有太大的改变。父子俩基本天天吃食堂，平时各自上班、上学，互相也说不上几句话。

小伍很久都不习惯城里的生活，他想念农村的田野山林，想念还在农村的妈妈和弟弟，想念他喜欢的老师和同学，想着最好能转学回去。

是父亲坚持让小伍来城里上初中的。

父亲单位有一所子弟学校，虽然面积不大，但从小学到高中都有，学生也很多。

20 世纪 90 年代，学校里的男女生比例还算正常，五五开吧。在小伍的印象里，学校里的漂亮女生不少，但一直没有公认的校花。大家经常为此争论，但好像争论的对象都不能服众，其实，可能就是没有一个太拔尖的吧。

但自从芸来了，大家都默认她就是校花。无论是小伍他们初中部的还是高中部的男生都喜欢谈论她，经常有人跑到教室门口偷看她。

顾小伍也去过，回来还装着满不在意的样子，对同学说：“也就那样吧。”

他不敢承认，事实是，当他从门口望去，一眼就看到那个女孩了。她坐在座位上，正凝神看着一本书。只是一个侧影，就让顾小伍觉得世界一下子静止了，只听到自己怦怦的心跳声。他定定神，甩了甩头，闪身走了。

他一边走，一边叹着气，突然有些懊恼。这是他第一次知道美原来还是一种会让人心疼的东西。

芸原来比顾小伍他们高一级，大家以前对她没啥印象。因为她从小体弱，经常请病假，最近这一次休学了一年。回到学校复课后，她正好和小伍一个年级，在小伍隔壁班。

大家很快发现，这个原来不大起眼的姑娘，在家休养一年后长高了许多，一下子出落得跟古代的仕女图上走出来的一样，眉目如画、肌肤似雪。

在顾小伍看来，芸和其他漂亮女生最不一样的是：她身上有种娴静的美，总是不胜娇羞的样子，惹人怜爱。这让她的美看上去没有攻击性，柔柔的，就连平时最爱嫉妒人的女生都喜欢她，想保护她。

于是大家都开始传：新来了个校花！传来传去，时间一长，附近的社会小青年也经常来校门口堵她。一到放学，只要芸刚走到校门口，社会小青年们的口哨声就开始响，此起彼伏。为此，她父母只好寸步不离地接送她上下学，很是烦恼。这种情况持续了差不多一学期，社会小青年起哄架秧子的新鲜劲才算过了。

都以为追求芸的人一定很多，其实不然。大部分男生都不敢表白，只能在心里偷偷喜欢，顾小伍就是其中的一个。

对这些男孩们，芸都是置之不理的。奇怪的是，她对他们不是那种骄傲的置之不理，而是完全无视的那种。那几年，顾小伍感觉芸始终活在自己的世界里，男生不理，女生也不大理，可这居然也让人恨不起来。

很快顾小伍还发现了一件事，那就是芸的家和自己家居然隔得不远。所以每天放学回家，能和芸短暂地同走一段路，成了顾小伍一天中最开心的事情。

放学时，他总是尽量不和其他同学同路，故意慢慢吞吞地走在后面，远远地看着芸离开教室，走出教学楼，走过操场；再远远地看着被护送的芸和她的爸妈走在他前面，一直到消失在某个路口。

顾小伍还偷偷去芸班上抄过课程表。他发现一到体育课，芸总是不参加剧烈的运动项目，只是做做操，然后就静静坐在操场边的那个石头凳子上。这时候顾小伍就会想方设法地在窗边偷偷看她。

他甚至能清楚地知道她哪天没来上课，每个月又请了几天病假。

他一直记得她走路的姿势、爱扎的头花、常穿的那条紫花裙子，还有那个米色的单肩书包。

有一次，顾小伍差一点就和芸说上话了。

那天下雨，天色有点暗了。顾小伍远远看见芸没等到她爸妈，想冲到雨里又有点犹豫的样子。她没带伞。

小伍心里有一万个念头在奔跑：是不是要把自己的伞给她？或者，干脆送她回家？等他终于鼓足勇气走过去，刚走几步就看见芸的父亲撑着伞跑过来了。这位父亲的出现，让顾小伍居然长出一口气，停下脚步。

他又一次，默默看着芸在父亲的伞下，走远了。

这是他一生中，唯一一次，有可能和芸近距离接触的机会了。他失去了。

若干年后，顾小伍回忆起来，也觉得自己那时奇怪。应该不至于那么腼腆吧，和喜欢的女生说一句话有那么难吗？就算芸不理自己，那些成天在她面前晃来晃去的男生多得是，也没什么丢人的。

可当时的顾小伍就是不愿上前凑，不愿成为那众多的“苍蝇”之一。他好像喜欢的只是这种悄悄喜欢一个人的感觉。他不愿别人知道，包括她。

他甚至有些担心，万一他的女神有一天突然开口对他说了话，那会破坏这种感觉的。

顾小伍就这样，一直默默在心里念着他的女神，很多年，很多年。

等芸断断续续上完初中，她也差不多十七岁了，按照当时的就业政策，她顺理成章地顶替她母亲，早早地参加了工作，成为一名光荣的纺织女工。

而顾小伍，虽然没有考上重点高中，但在父亲的坚持下，还是升上了这所学校的高中部，继续懵懵懂懂地读望天书，做白日梦。

小伍的妈妈和弟弟，之后几年也农转非来到厂里。他们换了个大点的宿舍，那是专门为带家属的职工提供的筒子楼。一家人总算聚齐，有了妈妈的家也总算像个样子，小伍不用再天天吃食堂了。

虽然芸已经工作了，但因为学校离厂子很近，所以这位已经离开学校的校花仍然牵动着少年们的心。关于她的消息，总会通过厂里的家属子弟口口相传，迅速地扩散到学校里。

戴上帽子和口罩、穿着白布围裙的芸，在叽叽喳喳的女工堆里，美貌也不那么扎眼了，安全了许多。可只要上下夜班，她仍需要父母接送。

其他女工去哪儿都是成群结队一路走，芸从不加入她们，她的身边总是她爸妈。可能是因为她从小被骚扰怕了，但更可能是因为她早已习惯被父母保护，不愿长大。

她其实有个哥哥，也已经工作，但哥哥很少担任护花使者，据说是因为有个太漂亮的妹妹，害得自己都不好谈恋爱了，毕竟女生都爱比较。所以，当哥哥的就有些嫌妹妹麻烦。

几年后，芸的美丽，在纺织厂这个争奇斗艳的女儿国里，优势不再明显。她身上的那种娇羞之态，也慢慢在女工们的各种荤素段子、打打闹闹中褪去了。她开始合群，也敢脱离父母独自上下夜班了。

奇怪的是，自打芸工作以后，顾小伍就很少能碰到她了。他也没有特意到她可能出现的地方去等她，或制造偶遇。

他想，只要她好好的，他就很满足了。

这个几乎占据了顾小伍少年时代所有梦想的姑娘，后来，也开始谈恋爱了。那些暗恋者们知道后，仿佛都松了口气，都觉得基本可以死心了，包括顾小伍。

再后来，又听说芸结婚了，对象是厂里一位前途光明的大学毕业生，未来的厂干。听说是芸父母托人介绍的。

芸习惯了听父母安排，所以和对象谈了没多久就结婚了。

当年，厂子正是红火的时候，产品在国内外供不应求，企业急需人才。于是，很多当时被称作“天之骄子”的大学生来到厂里工作。

芸的对象就是其中一个骄子。对这位素未谋面的骄子，大家难免有些酸酸的玩笑话：

“便宜了这个家伙！”

“人家命好，没办法。”

顾小伍听说芸结婚的消息时，已经在省城读大学。

他知道后，没有特别难过。在他看来，这个家伙应该会对他的女神好。他希望芸得到幸福。

顾小伍后来才知道，他其实认识这个家伙。

原来，小伍上大学后，他家隔壁临时搬来了一个大学毕业生，姓华。看小华是外地人，一贯热心的小伍妈妈对他不免照顾颇多。

等小伍放暑假回去，这位华哥就带着小伍玩，参加过几次厂团委组织的活动，无非就是联谊会、桥牌赛一类的。

在这几次活动中，小伍就见过一个家伙。普通人的长相和身高，谈吐也没什么特别，但有个响当当的名牌大学文凭，有个很好记的名字，还有，能看出来他是其他人的头，大家都很听他的话。

当时顾小伍不知道，就是这个看上去没什么了不起的家伙，日后居然娶了他暗恋多年的女神。

日子一天天过去，顾小伍读完大学后没有回老家，而是和很多年轻人一样，去了更远的南方闯荡。

故乡的人和事，在脑海里随着时间的推移慢慢变得模糊，但芸那张娇俏的小脸，偶尔还会浮现在顾小伍的眼前。她化作顾小伍记忆里的一朵云，粉红色的、淡蓝色的、金黄色的，飘忽不定，有无穷的变化，但永远温暖，永远柔软。

有一年回家，顾小伍碰到多年不见的华哥。华哥早已成家，搬离那栋筒子楼了。简单寒暄之后，他告诉顾小伍："你还记得那谁吗？他被关起来了。"

"啊，记得啊。他咋了？"

"他和人打架，把人打残了，搞不好要判重刑。"

"为啥打架？"

“还不是为了他老婆，就是那个校花——芸!”

“啊?芸是和他结婚了?”

“是啊。你不知道吗?”

“原来那个家伙就是他啊……”

“就是他，因为怀疑芸和人行为不检，跟人打架，结果就打出大事了。”

听半天，居然是这么个俗套的故事，它极大地影响了顾小伍的心情。

顾小伍越想越心痛。孰是孰非姑且不论，童话往往写到公主和王子生活在一起就结束了，看来是因为他们的爱情在现实婚姻中，也不一定有好的结局，甚至他们可能反目成仇，上演血拼的戏!

据说在芸的故事里，王子一向猜疑心重，平时对她也不够体贴，狂躁起来有时还动手。几年的时间，童话破灭了，公主的梦也醒了。

鉴于王子入狱，人言可畏，芸身心俱疲地离开了，听说也去了南方。

小伍说：“我也在南方，可我从来没有碰到过她呢?”

华哥说：“这么多年过去，你在大街上就是碰见，也不一定能认出来呀。”

小伍想：“不可能，我要是见到她，一定能认出她来，哪怕过去再多年。”

后来，有老乡说在南方的某个别墅区见过她，一样的漂亮，打扮入时。顾小伍别无他求，只希望芸能遇到一个善待她的好男人。

毕竟，这位像花儿一样美丽的姑娘，不仅仅是他暗恋过的人，更是他的整个少年时代。

多年后，顾小伍偶尔还会想起他梦中的公主，尽管伊人早不知去向何方。

而那个本来被大家羡慕嫉妒的王子，最后的结局更是无从知晓。

华哥早已离开厂子，失去联系。

至于曾经辉煌的厂子，已然破产倒闭，像在时代大潮中轰然倒地的岛上宫殿，只剩下颓败不堪的遗迹。

而这个岛，曾经是顾小伍们的全世界。

后来，顾小伍全家都搬到省城。顾小伍自己在而立之年通过亲戚介绍，和一个胖乎乎、看起来挺喜庆的女人恋爱，结婚。再后来，两人有了个大胖儿子。

成为父亲后的顾小伍，觉得日子一天天过得兵荒马乱。

从前做过的那些梦，像变化无穷的云，早被时光吹散了。

最疼的告别

公元2021年2月25日，夜里22点。

我知道，此刻躺在冰冷的ICU病床上的，那个世界上最爱我的老头儿，很快就要离开我了。

可我却什么也不能做，除了祈祷。

心里默念："如果非要让这个老头儿离开，请让他少一些痛苦，让他能像老神仙那样飘飘而去。"

爸爸，请原谅，这段时间让您受罪了。

从ICU病房大门关上的那一刻起，三天了，您没有丝毫好转的迹象。当医生走出来询问我们家属的意见时，我们兄妹对望一眼，都眼含热泪。没有想到，网上关于"拔管子"的段子，有一天会成为残酷的现实落到我们头上，我们需要做出那个最残忍又最艰难的决定。

因为疫情，在普通病房的病人只允许一个人陪护，也不让随便探视。所以，爸爸的亲人、朋友们都只能电话问候。可是自从爸爸进了ICU，连我们子女都不让探视。听说以前每天有半小时的探视时间，疫情期间取消了。

我无力吐槽，只有无奈。今天爸爸的情况实在危险了，医院才同意家属进去，还只让一人代表。好话说尽（幸好我们都有核酸检测证明），才勉强得到允许，一家人都进去探视。

爸爸，这几天我时常想象您孤独地躺在ICU的样子。可当真的进到那个房间，看到浑身插满管子的您，我的眼泪还是忍不住落下了。对许多人来说，重症监护是生还的机会，可是对您这样高龄的老人而言，那里却如人间地狱一般。

空旷的大房间里摆着十几张病床，每张床前各种仪器叮当作响，除了医护人员来回记录数据、检查仪器，躺在那里的每一个人都毫无生气。整个房间阴冷无比，令人窒息、害怕。

我们不想送您进来，可是前天您开始便血，只有ICU才能保证输血。权衡再三，我们还是送您进来了，我们希望您能挺过来，希望您只是一点小出血，能迅速止住。没想到的是，您的情况急剧恶化。

爸爸，对我们即将要做出的决定，您不会怪我们吧。

明天是元宵节，大后天是您的生日。从我毕业离开家到现在，二十多年，我几乎每年都回来给您过个生日，实在抽不开身，也会提前给您贺生，因为您喜欢热闹。的确，儿孙满堂的感觉，做父母的又有谁不喜欢呢？

哥哥们说，还是等您过完生日，让您的寿辰添一岁。

爸爸，虽然对您的离去，我们都心有准备，可当结局即将来临时，我们还是难以直面。

回想您辛劳的一生，我不禁悲从中来。在境况那样艰难的年代，您和妈妈仍然坚持供我们读书。我们兄妹三人都上了大学，虽然没有大富大贵，但始终像您一样，努力做一个好人，承担起对家庭和社会的责任。这也是唯一能告慰您的地方。

去年过年我没能回来，因为疫情。今年暑假我赶回家陪伴您，您还让我帮您弄遗嘱。

我问：“您不忌讳这个呀？”

您说：“这有啥，自然规律，无可逃脱。”

还有一天，我翻到您在一张信纸上写的几句话，算是心声吧。字迹有些乱，因为您提笔已经有些困难，大意是：“我这一生清清白白。教书育人，养儿育女，无愧于天地，无愧于父母，无愧于社会。我什么时候都可以安然地离开。”

我还记得上面还有落款和日期，可惜这张纸现在怎么也找不着了。我当时看完后，觉得一个人在离开这个世界前能这样坦然地吐露心迹，真是很帅气。

这次回来，我没有告诉您，想给您个惊喜。果然，您开心得不得了，即便您的身体比暑假时又差了许多。您像个小孩一样，天天问我要吃的，想吃这个，又想吃那个。我都尽力满足，给您买好多好吃的哄您高兴。

我说：“要不放完假，您跟我走，我带您回北方。您愿意吗？”

您说：“可以，去就去！”

我逗您：“您不怕老在外面？”

您说：“怕啥，人死如灯灭，哪里都是烧，拿盒子一装，抱回来入土就是。”

我问：“您真的不怕死吗？”

您说：“怕死也没用啊。我不是怕死，我是不舍得死！”

这话让我肃然起敬。不是怕，是不舍得！

爸爸，我知道您不舍得离开，您是不舍得我们——您爱的家人们。

今天去病床前，我和大哥跟您说话，您已经没有意识。我趴在您耳边一遍遍呼唤您，护工在一旁说您应该能听到，只是没有能力做出回应了。

我握着您的手说：“爸爸，您能听见我说话吗？您听见就捏一下我的手。”还是没有反应。

后来，二哥也一起喊，我突然想到学您从前喊我们回家吃饭那样喊：“爸爸，大娃子、二娃儿、三妹子都回来了，都来看您了！您看看我们呢，您捏捏我的手嘛！”

突然，您的头动了一下，努力想要睁眼的样子，还紧紧捏了一下我的手。

此情此景让我们不禁大放悲声：

“爸爸您听见了，您知道我们都来了，爸爸！”

这时的您眼眶也涌出泪来，可是无力睁眼，甚至做出了想要坐起身的姿势，嘴里也发出“呼呼”的声音，这种顽强的意志力令人动容。仪器显示您的心率一下子蹦到150以上，医生见状，说：“病人不能再受刺激，需要休息。”

我们只能倒退着一步步离开。太残忍了。

这样疼的告别，言语已无法尽述。

我多想听清您最后想对我们说什么啊！

爸爸，我其实也知道您想说什么。您放心，我们三个会好好生活，互相帮助，和和睦睦，把妈妈照顾好，把我们的子女培养好，珍惜健康，爱护家人，像您一样无愧于天地。

爸爸，您年近四十才有了我，我是您一手带大的。对我，您是毫不掩饰地偏心。谢谢您给我厚爱，给我一个温暖有爱的童年。是您教会了我怎样做人、怎样生活；是您的爱让我有底气闯荡天涯，让我在人生的航道中勇往直前。

回想起来，我是多么幸运的人啊，托福于您。

时间已经到了零点，写写停停，泪水早已模糊我的视线。

老爸，不用怕，在您生命的最后时刻，我们虽然不能服侍左右，但都深深牵挂着您。我们的心紧紧连在一起。

晚上，我还一个人去了河边散步，像我们以前那样。坐在沿河的台阶上，夜幕下的四桥华灯高照，波光粼粼的水面寂静无声，仰望着蓝得发绿的天空，我痛痛快快地哭了一场。

临走，我还帮您对您热爱的沱江说了句：“下辈子，我还要回到这里洗冷水澡，还要当沱江边最自在的钓鱼老头！”

我最敬爱的男子汉，我最心疼的老男孩啊，眼见着您就要离我们而去，虽然万分不舍，但心知终有一别。希望您能没有挂碍地去到天国，在那里一如既往地保持您的帅气，成为无冕之王！

后记：

两天后的夜里，父亲悄然离世，从此天上又多了一颗温暖明亮的星星，照耀我们！

如果有来生

父亲出生在一个农村大家庭，排行老六，是儿子中的幺儿，下面还有三个妹妹。我的爷爷奶奶都是普通农民，在那个年代，拉扯这么多孩子，可以说是吃尽了苦，受尽了累。

好在父亲兄妹争气，大都走出了农村，还出了三个教书匠——五伯、父亲、小姑。

到了我们这一辈，也有好几个教书的，算是传承吧。

一

奶奶很早就失明了。她平时在乡下老家，和伯伯们生活在一起。

父亲很孝顺，只要有时间，总是接奶奶来城里住一住。

印象中，只要奶奶在，每次吃饭，父亲一定要背她老人家下床吃。奶奶不到席，谁都不许动筷子。

奶奶总说她在床上吃就行，可父亲不同意，总是坚持执行这套仪式。

平时都是母亲给奶奶洗澡，她实在忙的时候，父亲也会给奶奶洗。每到这时，奶奶总说：“哎呀，造孽。老了老了，没得用了，还要儿子给自己洗澡，好丑人！”

父亲就会安慰她：“小的时候您给我洗，现在我给您洗，一样的撒！您现在就是个奶伢儿，有啥子丑嘛。”

我那时虽然年纪不大，但有时也会帮忙搭把手。奶奶坐在澡盆里，真的像个小奶娃一样，乖乖听话。我不禁对父亲充满敬佩，佩服父亲的爱心、孝心、耐烦心。

听父亲说，奶奶是童养媳，十一岁就嫁到爷爷家里。

爷爷粗通笔墨，写一手好字，还会干账房先生的活。平时以种田为生，闲时也干点小买卖。一家老小等他养活，他起早贪黑，脾气难免暴躁，打起孩子来毫不手软，奶奶也被他打过。

父亲小时候念过几天私塾，认识几个字后就不念了，平时放牛帮衬家里，一直到中华人民共和国成立后才有机会进学校读书，当时叫“读翻身书”。

那时的父亲已经十多岁了，在一群小学生里显得格外扎眼，所以只能以最快的速度不断跳级，总算赶在高中毕业时，和身边的同学年龄相仿了。

当年父亲要读高中，爷爷不愿意，非要抓他回家种地。不得已，父亲躲到已经在读师范的五伯那里。最后还是五伯说情，并承诺资助父亲上学，爷爷才勉强答应。

后来，五伯也确实兑现了承诺。为这，父亲一直感谢这位哥哥，兄弟姐妹里也和他最亲。

父亲高中毕业后读了师范学院，这在当时看来是最切实际的选择。他总说“师范”就是“施饭”的意思。

读师范的父亲和五伯一样，省吃俭用，资助更小的姑姑们上学。他们兄弟姐妹之间相互扶持，感情很好。我的父亲，这位觉得自己长大了的青年，在离开家前还对爷爷说：“你以后要再敢对我妈动手，我以后不会养你的老，我只管我妈！”

据说，打那以后，爷爷再没对奶奶动过手。

爷爷一直在乡下住着，这位老人家确实也没来得及享小儿子的福，有一天起早上厕所后就再没醒来。

可惜我那时年纪小，对爷爷几乎没什么印象。

多年后，已经年迈的父亲开始爱回忆往事。

他说自己终于理解了自己的父亲，觉得爷爷当年也不容易，为了养活这一大家子人，吃苦受累，积劳成疾，要不也不会那么早去世。

父亲回忆说：“那时收完粮食，留下大概够吃的，爷爷会再偷偷去乡亲家收一些，挑着去远处的集市卖，挣一点盐巴钱。”

因为路远，来回一趟不易，本来一次只能挑两筐粮食，但爷爷会带上四筐。用一副扁担，先挑两筐走几步，再回来挑另外两筐。就这样来回倒腾，最后挑到地方。这种挑担子的办法用老家话叫“挑冲冲担”。

多么朴素又令人心酸的生存智慧啊！

听完父亲的讲述，我禁不住热泪盈眶。真想抱抱这位辛劳一生的老人家啊，我似乎一下子理解了他以前那些听上去不近人情的行为。

父亲还说，爷爷有句口头禅："有多宽的肩膀挑多重的担子，有多大碗就打多少米。"今天来看，这也是至理名言啊。

父亲小时候经常陪爷爷去卖粮食，为这，爷爷还为他量身定制了一副小扁担、两个小箩筐。

想象一下，骄阳似火的初秋时节，一大一小挑着米筐的父子俩，汗流浃背地走在尘土飞扬的乡间小道上。

他们挑的是米吗？

他们挑的是生活！

母亲说爷爷来过我家，老了的他，待人很温和。他带我们兄妹去看过戏，还给我们买过糖，可我已经记不清了。

家里有一辆我们兄妹小时候坐过的带轮子的木头小车，据说是爷爷亲手做的。我特别喜欢坐在里面写作业，一直到我长大坐不进去，才送回乡下给别的孩子用。

同样一生辛劳的奶奶，在儿孙们的悉心照料下，活到了九十岁。那时爷爷已经去世二十年了。

二

我出生于20世纪70年代，那时处于"文革"的末期，人们早已被各种运动弄得疲惫不堪。

父亲最早在一所中等师范学校任教，血气方刚的他疾恶如仇、宁折不弯。后来被下放到镇上当小学老师，但他依然不改初心，始终讲真话、干正事，最后被戴上了造反派的帽子。

所幸，父亲下放的学校离外婆家不远，他平时住校，周末可以回外婆家休息。我的大哥也从小在外婆家，由外公外婆照顾。

据母亲说，学校每次开批斗会，父亲都被叫去站高板凳。而我那善良的外婆会早早到学校操场占位子，还带上药箱，她担心父亲被打伤，好去救护。

还好，父亲虽然耿介，但“各门各派”对他还算手下留情，没有给他拳脚相加的待遇。

父亲那边风雨飘摇，母亲的日子也不好过，工作很辛苦，三班倒。两岁的二哥也被托管在单位托儿所。父亲一个月才能回去团聚一两次。

眼见着我即将出生，母亲到处托人，想让父亲调回来。最终，父亲调入了母亲单位的子弟学校。

父亲总说，要不是因为我，他不会提前调回来。他也因此躲过后面几次大型批斗，所以要谢谢我。

其实，是我更幸运，作为家中唯一的女儿，我受到了百般宠爱。那时父亲已经快四十岁，那几年，除了正常上班，他大部分精力都给了我，一手把我带大。

记得小时候，父亲经常晚上去家访，我常缠着他不让他走，他就带着我去学生家。很多时候还会扛着我，让我“骑大马”。

每次坐在父亲的肩膀上，我都特别骄傲，感觉那路灯下的影子很长很长，那条路也很长很长。

两位哥哥从小因为调皮挨过不少打，而我从来没挨过。大家都说父亲偏心，父亲也从不否认。

三

那时，母亲经常要上夜班，都是父亲陪伴我们。

暑假，吃完晚饭后，因为天热，父亲总会搬出家里唯一的避暑神器——竹凉板（就是一种凉床，平时竖在门后），先把它用凉水擦干净，放倒在地上，然后带着我们兄妹仨坐在上面一起打扑克、下棋。

四个人围成堆展开脑力大战，有时还互相贴条子、刮鼻子，没大没小，不亦乐乎。母亲总说我们是穷开心。

我们最常打的是“百分”。我的牌技不用说，哥哥们是嫌弃的，所以总是父亲带我打对家。像出牌慢、耍赖、悔牌这些，在我都是常事。每次哥哥们抗议，父亲都会护着我。

在这位数学老师的神机妙算下，我才不至于每回都输得很惨。

现在回想起来，输赢不重要，重要的是一打起牌来，时间就过得快多了，炎热也不那么令人讨厌了。

打完牌，还有一个重头节目——消夜。

那时家里没有冰箱，怕晚饭时剩下的绿豆稀饭放坏了可惜，我们所谓的消夜就是——喝完它们，如果再有点泡菜就更巴适了。

记忆中的那段消夜时光，真是快活赛神仙啊！

吃完消夜，仨娃都撑得肚圆，再横七竖八地睡在竹凉板上。父亲在一旁摇着扇子，我们一个个就在这世上最舒服的凉风中，安然睡去。

如果半夜被热醒，我们中的任意一个就会哼唧几声，戳戳父亲。自己也睡着了的父亲就继续扇风，为我们几个送来清凉。

这样的事，几乎每个盛夏之夜都在我家上演着。

除了平时对我们悉心陪伴，父亲手还很巧，家里的东西坏了都是他修，最常修的就是我们兄妹几个的文具、鞋帽、拉链一类的。

不过，这位为我们生活保驾护航的能人，也有闹笑话的时候。

二哥上高中后，因为老师说他的字太潦草，不好辨认，于是他买了字帖，天天勤学苦练，进步飞速，很快就写得有模有样。

那时刚刚兴起书法钢笔，就是笔尖是弯的那种钢笔。二哥用辛苦攒了很久的零花钱也买了一只。

有一天放学回家，二哥突然“啊”地大叫一声，满屋乱转。我问他怎么了，他举起他的书法钢笔给我看。

原来，他的书法钢笔笔尖居然变成直的了。

这时，父亲走进来，一脸得意地说：“喊啥子喊，好好的钢笔不爱惜，才买回来几天就摔弯了。看我给你修得多伸展!”

二哥听完，都快哭了，一句话也说不出来。

我为了忍住笑，也差不多憋出内伤。

后来，父亲总算明白是自己弄岔了，又给哥哥买了一支新笔，自己用那只被矫正过笔头的书法钢笔，用了很久。

还有一次，二哥一放学回家，父亲就拿着一摞纸训他：“你看你，好好的字帖你给撕成啥样了，一页一页的！我给你订好了。以后注意点!”

结果我们一看，忍不住大笑。这些其实就是二哥写完作品的书法纸，并不是字帖，可能是因为写得太好太像了，让父亲又一次误会了。

我们和父亲之间这样的趣事很多，我长大后也时时回味。

四

随着我们一天天长大，成长的烦恼随之而来。很多时候我们和父亲不能互相理解，但基于那些快乐的亲子时光，以及彼此的爱和信任，我们还算是顺利地度过了和父亲战争频发的叛逆期。

大哥上初中时，赶巧是父亲当班主任带他们班，相当于“直属管辖”。

我和二哥都没赶上父亲教我们，也幸好没赶上。想想，每天在自己父亲的眼皮底下，日子得多难挨。

本来我们仨当中，大哥就最有个性，从小挨了不少家法，这下就更惨了。

记得有一次上英语课，英语老师指着桌子造句说：“This is my desk.”

没想到，我家大哥这时居然站起来说：“老师，你说的不对，这是学校的桌子，不是你的！”

把那老师气的，直接上办公室找父亲去了，说大哥上课哗众取宠，让他下不来台。

别说，这告状确实太方便了！

父亲一听，啥也没说，放学回家后，直接家法伺候。

大哥很倔，一直跪到天黑也不认错，还是母亲下班回来说情，这事才算完。

后来有次写作文，大哥写了一篇很有个性的文章，具体内容忘了，大意是反对家长制作风，反对“一言堂”。

不用说，这回又被语文老师举报了，说大哥小小年纪就有刺头倾向。

父亲看了，气得直跳脚，骂他：“你多大点，就敢反对这个反对那个。”

大哥看父亲真生气了，就不吱声，这已经是他认错的极限了。

不过挨罚归挨罚，毕竟严师出高徒，大哥后来真的考上了重点高中。

那以后大哥住校，一周才回来一次。他懂事了很多，又不在父亲眼皮底下，父子俩的冲突也少多了。

再后来，大哥很出息，成了我们这一辈第一个正儿八经的本科生，也是厂里第一批职工子弟大学生。

当年厂里还特地敲锣打鼓来我家送喜报，很是热闹了一阵，全家都为大哥骄傲。

那段时间，父亲走在校园里，昂首挺胸，感觉胡子都翘起来了，那些爱开玩笑的老师都说："恭喜恭喜，恭喜你家的调皮娃高中！"

这位一向低调的人民教师，这时也骄傲地说："多谢多谢，还是调皮的娃有出息！"

想想那时的父亲，在学校和学生们斗智斗勇，回家还要和我们几个娃斗，其中滋味，人到中年的我正在体会。真是天道轮回饶过谁！

五

虽说父亲偏向我，从小没打过我，但有一次我还是挨了父亲结结实实的一顿训。

我小时候比较娇气，总不愿回农村老家，嫌农村条件不好，怕蚊子、怕狗、怕热，尤其怕上农村的厕所。

十岁那年，父亲带着我回去了一次，也是我一生中唯一的一次。我和父亲一起回老家小住，那时奶奶还在世。

刚去第二天，我就吵着要走，父亲脸上有些挂不住，但还是说尽好话，哄我又住了几天。

好容易挨到走的那天，正好下雨。一出院坝，看见满地的泥泞，我不愿下地走，怕弄脏我的鞋子，于是我举着伞，让堂哥背着我走了很远。

父亲戴着斗笠、提着行李，一路上没有说话，脸沉沉的。

走到大路上，父亲让堂哥放下我，我哼哼唧唧地不肯下来，父亲提高声音："下来自己走，你听见没有！"

我说："我的新鞋子！"

父亲说："脱了，光脚走，马上下来！把你娇得没个样子了！"

父亲从来没有对我这么严厉地说过话，我只好从堂哥身上下来，扶着他脱了鞋子。

当我一站定，看见那赭色的泥浆先从我的脚趾头缝里钻出来，然后很快盖住我原本白白净净的小脚丫，黏黏糊糊的，我心里有种说不出的难过，哇的一声哭了起来。

父亲在一旁凶我："哭啥？走啊！"

我委屈地说："这些土泥巴好脏！"

父亲终于爆发了："你闭嘴！"

接着又噼里啪啦说出一堆话，若干年后回想起来，这些话同样振聋发聩："你记住，这个世界上，没有比土地更干净的东西了！

"你吃的粮食蔬菜都是从土里长出来的，你还嫌脏。你是不是嫌我们农民脏？没有农民，你们这些城里的娇小姐吃啥！"

说完，他停了一下，指着不远处的农田："你看看，下这么大的雨，多少人一样在做活。他们都舍不得穿鞋子下田，他们嫌脏嫌累了吗？

“你不要以为你老爸进城当了老师了不起，他永远都是农民，他不忘本！你也不能忘！”

我被父亲的态度吓住了，傻傻地望向那些戴着斗笠，披着蓑衣，站在田里干农活的乡亲们。我之前从来没注意过他们，也从来不知道赤脚站在冰冷的泥浆里原来是这种滋味。

那一刻，我感到又羞愧又难过，撑伞站在泥地里，一动也不能动。一旁的堂哥过来想抱我往前走，父亲制止了他，让他回去，然后自己扭身先走了。

我愣了半天，最后还是抱着伞，提着鞋，深一脚浅一脚地追了上去。

天哪，我从来不知道落雨后乡下的路会这么滑。一路上，我摔倒又爬起来，爬起来走几步又摔倒，好像都不会走路了，狼狈至极。

父亲始终走在前面，也不扶我，也不撇下我很远。记不得摔了多少跤，等终于走到长途车站的时候，我早已一身泥，哪里还管什么新鞋子、花裙子。

当我坐在一堆装着各种家禽的笼子中间，看着同样一身泥的乡人们，听他们神态自若地聊庄稼、摆龙门阵，我第一次没有嫌车上脏、味道臭，因为我终于明白我和他们是一样的人，没有任何区别。

父亲一路上始终没有理我，闭着眼，看上去很疲惫的样子。

这一次回乡下的经历，让我终生难忘。我很感谢父亲用这样的方式点醒了我，让我懂得：人不管什么时候，都不能忘本。

从那以后，我真的改变了很多，对乡村和农民有了更深的理解。在那之后，我再去农村或其他艰苦的环境，总是能很快适应，并能很快和当地人打成一片。

因为我记住了父亲的那句话："城里人往上数三代，都是农民！"

我也是！

六

老家有一个说法，女儿出嫁前，女婿要买冰糖给老丈人，作为手信。所以我从小就被父亲的同事开玩笑，叫我"冰糖罐罐"。

父亲每次听了也笑眯眯地回答："对头，这就是我家的小冰糖罐罐！"

可惜的是，长大后，我这冰糖罐罐远走他乡，不能常伴父母左右。但我尽量常回去看望他们。

不夸张地说，这些年来，我为祖国的交通事业做出了不小的贡献。

即便一把年纪了，可我每次回去都会在父亲面前撒娇，逗他开心。

比如，我会故意很严肃地对他说："老头儿，给你说个事呗！"

父亲一紧张："啥事？"

我说："你不要告诉别个！"

他更紧张了。

我就凑到他耳朵跟前说："老爸，我爱你！就这个事！"

这时，看着他又想凶我又有点害羞的样子，好玩得很。

如果你肯给他要钱花，他就更高兴了。

他每次一见我回家，就问："钱够吧？"然后拿出他那皱巴巴的钱袋子，很豪气地说："拿去花！"

一看全是十元、二十元的零票子！

我故意问他："咋没有红票子？"

父亲一脸无奈地回答："还用说，到你老妈的荷包里去了撒！"

我"可怜"的父亲，一辈子都没有争取到财务自主权。

我又逗他："你笨呢，不会藏点私房钱？"

父亲更气了："随便藏哪里，她都找得到哇！"

哈哈，此言不虚。

母亲大人的功力我们都是领教过的，小时候我们仨的压岁钱，除非老实上交，否则最后都逃不过她老人家的火眼金睛。我妈人送外号："侦察连长"！

有一年老房拆迁，父母亲曾经去外地生活了一段时间。

等我抽空去看他们时，发现父亲每次从沙发上起身都很困难，可能因为客厅沙发太矮了。我就想着给他买个高一些的竹藤椅。

午休的时候，我偷偷溜出去，没告诉父亲。因为那个城市我并不熟悉，只好打了个车，让司机拉我去最大的家具市场，最后买了把还算合意的藤椅回来。

等送货车到小区门口时，我才给父亲打电话。结果半天没人接电话，我只好自己把椅子拖回去。

过了好一会儿，天快黑了，父亲才回来。一看，手里还提着我最喜欢的家乡小吃——凉糕。

这是我每年回家，父亲都会买给我吃的。

但这次不同的是，父亲刚搬到这里也不熟，他不知道哪里有卖这东西的，又舍不得打车，一路走一路问人，据说走到老城区才买到。

为这，父亲来回一共走了好几公里，回家还一个劲说："实在拿不了，要不肯定多买几碗。"

和我一样，这老头儿也是自己偷偷去的。我们都不想麻烦对方，又都想给对方惊喜。

母亲看着走了远路回来的父亲，埋怨我说："你千万莫讲你爱吃啥了，你只要讲了，你爸就是走到北京都给你买回来！"

唉，这还要我讲吗？哪次回来他都自己去买给我，都记在心头呢。

父亲休息会儿，坐在我给他买的椅子上，嗔怪地说："又乱花钱！”

老人家一边坐着，一边看我吃他给我买的凉糕，问我：“好吃不？”

我说：“好吃！”

我又问他：“坐着舒服不？”

他像个调皮的孩子那样摇头晃脑地说：“确实舒服，安逸！”

我们两人对望着，哈哈大笑。

笑着笑着，我眼眶湿了。

七

父亲为人正直，在家族里很有威望，谁家要是有点小矛盾，也都爱找这位老人解决。我们劝他不要太多参与，可每次他都全力以赴，哪怕效果有限。

这一点，我像父亲。

父亲还是一个非常细腻的人。哪怕是你无意间提到的一些小愿望或想法，他都会用心记住，并且想办法帮你实现。

那年带儿子回去，聊天时，我说父亲手巧，以前编的竹篓可好看了。儿子说：“竹篓是啥？没见过。”

结果父亲就偷偷去江边竹林，费好大劲砍了根细毛竹回来，又花了差不多一整天，才编好一个小竹篓给他的外孙玩。

儿子很高兴，稀罕极了。

可父亲自己不大满意，说：“唉，手抖了，编得比以前差远了。”

没用完的毛竹皮，他还用篾刀细细地给我劈了一包牙签，柔韧之外，还带着毛竹的清香。也是因为我以前无意说起过超市买的牙签不好用，他都记在心里了。

我把这包牙签带回北方，一直用到现在！

即便到了晚年，他成了全家的“大熊猫”的时候，他依然以他一贯的方式温暖着大家。

每次只要家里来了客人，他总是嘘寒问暖、礼节周到。晚辈们都喜欢这位随和有趣的老人，有的还会给他打电话倾诉心事，他也乐意为人家支招，也不管是否有用。

老家的亲戚，几乎所有人的生日他都记得，他会准时打电话过去，说声“生日快乐”，嘱咐他们买点好吃的。

母亲总笑话他：“讲了一辈子课，在电话里也讲课，就不能长话短说吗？”

父亲也不理她的取笑，继续讲他的课，继续送他的温暖。

去年有一天，父亲打电话给我说：“祝孙孙生日快乐哈！”

我一想，日子不对啊，应该是他记错了。

我开玩笑说他：“您哪个孙孙哟？”

他猛然想起：“呀，搞错了。”

原来，父亲把二哥家儿子的生日记成我家儿子的了。

这位数学老师一向引以为傲的对数字的敏感，看来也不灵光了。

为这，老人家懊恼了很久，觉得这是自己老了的证明。

是的，谁能打败时光呢？那样不服输，刚强了一辈子的父亲，在时间面前，慢慢也没了脾气，终于低头服老了。

写不尽、道不完的父亲，如今已飘然仙逝，离开我们去了天上。

回想起与父亲相处的点点滴滴，全是温暖和热爱。

都说父爱如山，可父亲给我的爱却更像是涓涓细流，成为我一生的滋养。

这一世，父女一场，何其幸哉，感恩！

辛劳一生的父亲啊，如果有来生，我们交换一下，你来做孩子，让我来护你一世周全！

旅途篇

举杯都是朋友

那年圣诞节，阿辉失业了。

那年冬天，S 城出奇地冷，最低气温大概只有几度，气象局说这是十几年来最冷的冬天。对阿辉来说，也是最难熬的一个冬天。

一天早上，阿辉从外地被急召回 S 城总部开会，会上说了什么他没仔细听，但他看见领导说到关于业绩的部分时不停地拿眼睛瞅他，不免有种不妙的感觉。

果然，会后，销售副总找他谈话，说："你来公司也几个月了，业务方面还没有什么进展。公司的节奏很快，工作强度也大，你觉得自己能适应吗？"

听完，阿辉心里咯噔一下：完了，这是要炒人的节奏啊。

进入业务部三个月，各种辛苦奔波，虽然阿辉觉得自己很尽力了，可确实还没什么业绩，所以他心里一直有这样的担忧和焦虑。

看着领导询问的眼神，阿辉几乎是不假思索地说："领导，你是觉得我能力不够吧。那公司要是觉得我干得不好，我不干就是了。”

就这样，这不经过思考的几句话，就让冲动而无知的阿辉自动离职了。

后来，听那个公司的前辈说，公司常常在下半年招人，一招都很多，因为新人试用期工资低。除非你特别优秀，才会让你留下来，否则三个月试用期快到了时，他们的策略都是找你谈话，用话试探你，最好你自己走人，这样公司就不用多给一个月工资了。

反正，当年也不知道有多少职场新人和阿辉一样着了公司的套路，但也无可奈何。

该何去何从？离开家乡来 S 城也一年了，这一年，做过的两份工作薪水都不高，加之也不懂得计划开销，所以没多少积蓄。临近春节，阿辉所有的积蓄就还剩一千元，路费虽然勉强够了，但他实在没有心情两手空空地回家。思来想去，阿辉打电话给家里说春节要加班，不回去过年了。电话里父母有些失望，但也没多说什么。

郁闷了几天，阿辉本也想着赶快出去找工作，可年底很少有公司招人，加上那年过年特别早，人才市场冷冷清清。几次无功而返之后，他只好天天闷在出租屋里看杂志、听 CD。

临到农历年底，阿辉才发现街上已经很少有人了。这是自己第一年在 S 城过年，并不知道这里一到春节就会变成“空城”——因为在 20 年前的 S 城，大部分外乡人还没有安定扎根的概念，都像候鸟一样，几乎都会选择回家过年。所以，一到年根儿，商店、菜市都会歇业，一直到正月十五以后才会陆续开门，本地人也会提前备下很多东西过年。

而阿辉根本没有准备，别说年货，连方便面都没囤下。

除夕那天下午，他走了很远的路，终于找到一家仍在营业的小店，买到一包粉丝、一包火腿、一斤鸡蛋、一瓶水果罐头、几包方便面，加上一些调料和零食之类的，总共不过几十元的东西。这些，就算是阿辉的年货了。

回来的路上，穿过空空荡荡的大街小巷，零零星星的鞭炮声让阿辉有些伤感，但又莫名有些兴奋。

不管怎样，这一年总算磕磕绊绊地过来了。春节总是要过的，哪怕是一个人在异乡。能买到东西，还有吃饭的钱，阿辉想：还不算太糟糕。

阿辉安慰自己，过完年便打起精神，赶快找份工作，就当这段时间是放年假了。

提着辛苦寻来的一兜东西，在暮色中，阿辉晃晃悠悠地回到出租屋。这套房在交通方便的城中村，是村里人自己盖的，一共五个房间，还有一个大厅，面积不小。

阿辉住稍小的一间，别的房间都有十几平方米，多半都住了好几个人。

像阿辉房间对面那间屋里，两张上下铺住了四位东北大叔。可能是屋里东西多，又摆放不合理，所以门都不能完全打开。有一次，其中一位大叔的侄子来了，干脆睡在一个门板上，路过的人都得从他身上迈过。

斜对面那间屋不确定到底住了几个人，只知道他们是一帮湖南伢子，都是修车工人，早出晚归。

西邻那间屋住的是个小男生，贵州人，十五六岁，好像在上电脑培训学校。他姐姐在关外上班，一两周会来住一天，也买东西来看他。他的房间最宽敞，日子看上去也最滋润。

东邻那间屋，就是二房东的房间。

这位二房东以便宜的价格从村民手里租来一整套房子，再把每个房间加价分别租出去。只知道他是江西人士，四十岁上下的年纪，天天不上班，就靠转租的差价过活。别看人家每天不修边幅、懒懒散散的样子，却很有精神追求——酷爱钻研围棋，据说已经业余好几段了。

阿辉他们背地里都叫他“眼镜儿”，有时也叫他“怪侠”。

眼镜儿非常抠门儿，屋里放着各种计费表，算起账来简直精确到分。除此外，还有很多事：

房客太多，因为担心煤气费不好计算，所以大家不能用厨房里原有的煤气罐（罐子上面甚至贴有名字），如果用，烧一壶水五毛钱，如果偷偷用了又不交钱，被发现就要交罚款；有人晚一天交房租，眼镜儿会在门口叨叨个没完，吵得大家都睡不了觉；不能随便带朋友来串门，因为会多用水……

诸如此类，不胜枚举，简直可以整理出一本《宿舍管理守则》。

湖南伢子喜欢自己做饭吃，就另外买了煤气罐。每天一到饭点，他们就挤在厨房里，大声说着他们的家乡话，炒着让人流眼泪、打喷嚏的家乡菜。

平常阿辉懒得做，买着吃。他房间里也有电饭煲，周末有时也煲个粥、汤啥的改善一下伙食。烧水就用自己房间的电水壶，省得计较。

阿辉回到出租屋时，原以为大家都走了，结果进到屋里发现几个房间里都有灯光。他突然心里一动，在大厅里喊了一句："没回家的同胞们，都出来吧，出来一起吃个年夜饭！"

门，陆陆续续打开了。

除了湖南伢子走了，其他人居然都在，小男生的姐姐也在。大家都有些惊讶，又带点不好意思的表情，这让阿辉心里一暖。

阿辉说："反正一个人也是吃饭，不如大家热闹热闹。就这些东西，大家将就一下，煮个火锅当过年吧。"

听完阿辉的话，这帮平时只是见面点点头，几乎没有说过话的房客们，突然一下子就亲近起来。说干就干！支起桌子，各式各样的锅碗瓢盆很快拼凑起来。

眼镜儿一改抠门儿的性子，贡献出煤气和灶具，居然还有一点青菜、豆腐和肉馅；小男生贡献出面条、土豆、几包瓜子零食；大叔们把珍藏的啤酒、花生、午餐肉也贡献出来。

大家七手八脚，齐心协力，很快就准备好所有材料，居然有满满一桌。肉馅做成了丸子，配菜洗净备好，锅里的汤也"咕嘟咕嘟"地唱开了。酒水摆上桌，看上去很有年夜饭的感觉。

大家忙碌过后，齐齐坐在桌前，屋子里突然就安静下来，一时间都没了话，不知道该由谁来举杯，该由谁来说点什么好。

阿辉看了看眼镜儿，说："大哥，这里算是你的地盘，你当代表说点啥吧。"

眼镜儿有些不好意思，摆摆手要推辞，大家都说："快点说吧，说完好开席。"

他只好举起酒杯，嗓子哑哑地说："今天除夕，大家没有回家，我也没有……"

停了停又说："反正啥也不用说了，出门在外，都不容易，先干为敬!"

说完，举杯一仰脖子就喝光了。他亮亮酒杯，眼圈突然就红了。

这样的祝酒词，沉重得出乎意料。看他红了眼圈，大家也都有些伤感，都不接话，齐齐举杯一饮而尽。

之后是一位东北大叔，这位老爷们儿显然很擅言辞："这顿饭要先感谢这个小老弟，能想到让大家坐在一起过年。人在他乡，酒杯一端就都是朋友，年夜饭、年夜酒，酒里就有家乡。来，先一起敬家乡的亲人，遥祝他们事事如意……"

这话说得大家心一热，一齐举杯，"喝"!

第三杯酒是小男生的姐姐提酒。这位看上去很文静的贵州妹子，端着酒杯站起来，操着一口贵州普通话，很豪爽地说："谢谢大家平时帮我照顾弟弟。今天难得聚在一起，年，在哪里都是要过的，只要有酒就有朋友，喝完这杯酒，以后有事互相帮忙！干了！”

之后，每个人都站起来说了话、祝了酒。

几杯酒下肚，陌生感终于慢慢消失，大家说说笑笑不亦乐乎。

从来对喝酒不感冒的阿辉，在这个机缘巧合的夜晚，突然对酒又多了一重理解。正是这一桌简单的酒菜，让这些平素没有过什么交流的人，突然在这个特别的夜晚，变成了一家人。大家个个酒酣心热，争着说过去、家乡、工作、亲人，什么都说。

酒真是一个奇怪的东西，喝着喝着，一开始笑嘻嘻的东北大叔，慢慢也撑不住了，几个老爷们儿喝到最后都流了眼泪。在断断续续的叙述中阿辉发现，原来失业的不光自己。这几位大叔曾经是同事，企业下岗分流出来自谋生路。虽然他们以前都是很好的工程师，但是来S城一年了，因为各种原因，每个工作都没干长，目前都是失业状态。

看着这帮大老爷们儿在酒精的掩饰下偷偷抹眼泪，阿辉暗下决心，开年以后一定赶快找个工作，踏踏实实地干下去，不能再三心二意了。

这顿年夜饭，一直吃到零点敲钟的时候。

大家端着杯子，齐齐奔向阳台，在鞭炮声中，在烟花的光亮中，几位大叔突然对着空旷的村子，嘶吼出来：“S城，我们必须混出个样来！你等着！”

阿辉也趁着酒劲，和大叔们碰了杯，跟着喊：“S城你等着，我也要混出个样来!”

大家都来劲了，声嘶力竭地一起喊。最后大家都笑了，又都哭了。

看完烟花，大家进屋，都说要去眼镜儿屋里看春晚，但阿辉坚持不住了，回自己屋，一觉睡到大天亮。

他起来一看，大家都还在昏睡，桌上杯盘狼藉。

阿辉一边回想昨夜那一杯杯酒、那一句句话，一边收拾了很久很久。

后面的故事就是，等到下午大家陆续醒酒后起来，互相照面过后居然都有些赧然。也许是因为那些酒后的狂言？他们好像又恢复了以前的客气和生疏，见面只是多了几句寒暄而已，再也找不到那晚亲近的感觉。

阿辉有时不免恍惚，真的有过这样一个夜晚吗？一群天涯沦落人在酒精和乡情的作用下，互相鼓励、互相安慰过吗？

短暂的农历年过去，阿辉很快找到一份工作，公司提供宿舍。正好房租到期，阿辉就搬走了。

后来听说，几个东北大叔过完年，仍然很久没有找到如意的工作，最后都回老家去了。

而阿辉自己，也没有混成什么精英，但凭借努力和认真，到底也学得傍身之技，终于有了走遍天下也能靠自己双手活得精彩的底气。

如今，二十年过去，阿辉早已离开S城。他有时还会想起那顿年夜饭，挂念起曾经的那帮朋友：

不知道东北大叔们还好吗，应该都是含饴弄孙的年纪了。

眼镜儿大侠的围棋水平呢，有几段了？二房东也混成一房东了吧？

那个学电脑的小男生现在早该成家立业了，说不定已经是个高级程序员了。

湖南伢子们也都该成大叔了，勤力地干了这些年，估计也拥有自己的车行了。

S 城啊，人们在你的怀抱里来来去去，很多人留下，成为你的孩子，更多人离开，奔向下一个远方。但不管怎样，这如诗一样的祝酒词——“年夜饭、年夜酒，酒里就有家乡”——谁又能忘了呢。

愿苍天不负有心人，不负这些哭过、笑过、挣扎过的人！

来，举杯都是朋友，敬大家！

爱

有一年，我曾在 H 城的一家酒店实习过几个月。

因为酒店刚成立，我们同期被招进去的一大批人上岗伊始就面临着各种技能培训。还有个刚退伍的教官管生活内务，严格按照部队那套规定训练我们。我们每天学习铺床叠被、站队礼仪这些，很是枯燥无聊。

当时的酒店有诸多开荒之苦，大家都累得人仰马翻。我还算幸运，主管看我年纪稍长，又是大学生，就把我分到客房部，负责管管钥匙、查查仓库物资什么的，活比较轻松，手下还带了几个小兵。加上员工餐厅伙食不错，那段时间我迅速成长为微胖界代言人。

同事们大多刚高中毕业，喜欢扎堆，去哪儿都呼朋唤友，有点江湖结交、抱团取暖的感觉。有个叫阿花的本地小姑娘（也许是叫阿香，我记不准了），天天跟在我屁股后头“姐姐、姐姐”地喊，嘴很甜，对我很关心，一到周末就带我去她亲戚家蹭饭，给我改善伙食。

手下的兵当中，还有一对西安来的小情侣，男生瘦高个，女生长得很娇俏，他们走在一起有萌萌的身高差。两人金童玉女般同进同出，感情很好的样子，很让我们这帮人羡慕。

那时上班虽累但作息规律，空闲时间很多。酒店位置偏僻，周围没有什么娱乐场所，大家除了聚在一起打扑克、看电视、胡吹海侃，保留节目就是去附近的夜市吃夜宵。虽然教官明令禁止，但我们还是经常在熄灯后从宿舍大院的侧门溜出去。

有天晚上，阿花提议去个远点的集市，说自己曾经去过，那里的夜市很有名，但需要坐船去。她问好了船家，只要每人交十元钱就能合租一条船去。大家一听都踊跃报名。因为怕惊动教官，我们在从宿舍到码头的路上个个屏气敛息，直到上了船才敢长出一口气。

船家派了个大婶帮我们划船，包着头巾的大婶一边划一边用本地普通话和我们聊天。不用说，多数是鸡同鸭讲，全靠意会。

上岸后，我们见到了一个热闹异常的夜市：挂着各式招牌的排档成行成列，一眼望不到头；到处人声鼎沸、炉火明亮，像极了电影里的美食大会；生猛海鲜、时令小炒、扎啤小吃一应俱全，令人眼花缭乱。

在阿花的建议下，我们选定了一家能看到不远处海滩的档口坐下，海潮一波一波地在沙滩上奔涌往复，卷起白色的浪花。浪声阵阵，椰风习习，彩灯闪烁，眼前这美好的一幕，让我有梦境般的感觉。

邻桌传来卖唱歌手的吉他声，我们也凑热闹，点了当时最流行的一首歌。价格公道，五元一首。歌手唱功一流，听得大家如痴如醉。

很快，一桌丰盛的当地美食被端上桌，大家边吃边聊。外乡的忙着诉说思乡之情，本地的就推杯换盏、尽力安慰，最后大家都有了几分醉意。到结账时，才发现这里的东西真是太物美价廉了，我们一行人花费不多，却全都吃了个心满意足。

大婶一直在码头等我们，等船终于摇回，大家都困意沉沉，各自回宿舍睡了。

可是刚睡下没多久，凌晨三四点的样子，突然一阵喧闹声把我惊醒。大家都以为是地震了，纷纷光着脚往楼下跑，等站定了一看，才发现是两个男生在打架。昏黄的路灯下，看不清谁是谁，只看到两个人在衣衫不整地追逐厮打，吓得我们在一旁连连尖叫。直到教官和主管来了才把场面镇住。

当时我完全是懵的，后来从大家的口中才得知事情大概的原委。这两个男生中的一个是西安男生，另一个则是餐饮部的厨师，本地人。也不知道厨师和西安小姑娘咋回事，反正这次聚餐过后，两人就擦出了感情的小火花，小姑娘也觉得找到了真爱，就向西安男生摊牌了。小伙气坏了，不服气，非要找厨师小伙算账，结果就闹了这么一出。唉！感觉是电视剧里才能发生的事情！

因为这件事情的恶劣影响，主管让西安男生自动离职。男生什么都没说就同意了，但是坚持要带女生一起走。女生不愿意跟他回去，两人为此又大吵了一架。

那天傍晚在宿舍楼下，女生态度坚决地要求分手，她仰着脖子，瞪着那双水汪汪的杏眼说："我就喜欢他了，怎样！你打我啊！"男生扬起手在半空中挥了挥，最后"啊"地长啸了一声，又放下了手，转身疯了一样地往外跑。两个男生连忙跟着他，怕他出什么事。

夕阳斜照，晚霞把天空映得五彩斑斓，椰子树叶在风中沙沙地唱着，西安男生夺路狂奔，海风把他的衣襟吹得鼓鼓的。感觉他想一直跑下去，一直跑过大海，跑到天的尽头。望着他的身影消失在远处，我好像听见了一颗心掉到地上碎裂的声音。

至于那位厨师，则继续留在了酒店。这个结局让大家唏嘘了好几天，再去员工餐厅吃饭时都躲着他。可不，我们这些局外人能说啥呢？

临行前，西安男生跑来告别，说感谢我一直以来对他的关照。我不知道该说什么安慰他，和几个同事在附近请他吃了顿饭，没敢再让他喝酒。看上去他神色平静，仿佛接受了现实的样子。吃完饭后，送他走到男生宿舍楼下时，他笑了笑对我们说："都回去吧，明天我就走了，你们不用送我，后会有期。"

听了他的话，我们都有些难过，朝他挥挥手正要离开，他却突然背倚着墙，慢慢滑下来蹲在地上，号啕大哭，一边哭一边喊："我们从小就认识，我喜欢她，对她好，掏心掏肺了这么多年，把她捧在手心里。我不让她出来打工，她不听，我拗不过她，只好陪着她出来。可现在她居然要和我分手，还要我一个人回去，我不甘心啊……我做错了什么，错在哪儿了，爱一个人有错吗？”

他边喊边揪自己的头发，声音从嘶吼到最后越来越低。

我什么话也说不出来，抬手想摸摸他的头，又放下了，只能也蹲下来，默默地陪着他掉眼泪。过了很久，他终于哭累了，不好意思地抹把脸，站起来说：“姐，谢谢你，走了！以后来西安，我请你吃饭！”

就这样，他一个人静静地离开了。这以后，大家都有意无意地避开那位西安姑娘，她可能也觉出了尴尬，没多久就离职了，那位厨师和她一起走的。

再后来，我在这安静的地方也待得厌倦了，去到我的下一个流浪地。阿花后来还给我打过电话，说她很想我，说大家都觉得酒店的工作单调乏味，估计不久都会离开了。

多年以后，偶尔想起这段日子，我还会想到那个在夕阳下夺路狂奔的背影，想起他蹲坐在地上，号啕得身子直发抖的样子。可我连他的名字都不记得了，而且，西安，奇怪，我真的从来也没有去过呢！

是啊，爱有什么错呢，我也不知道，直到今天。

夜空不寂寞

刚到深圳的时候，我曾经在莲花北村住过几个月。

那里是当年深圳最大的暂住区，商店、饭馆、电影院、理发店、台球室一应俱全。除了生活方便，还四通八达，放眼望去，全是打工人。

初来乍到的我在这里租了套单身公寓，物业很好，小区里安全整洁，就是上班有点远。

在莲花北村的这段时间，除了觉得一切都很新鲜之外，更多的就是要面对人在异乡的孤单。

那时每天下班，回到公寓随便吃一口，没什么事做，就爱在街上溜达。也不想买什么，反正就是地摊前站站，铺面上瞧瞧，一家小店一家小店逛过去，纯粹打发时间。

这里的夜晚热闹非常。

夜风中，各式霓虹灯招牌不停闪烁，大排档、士多店、小歌厅里人头攒动。走在拥挤的人群里，看见的是一张张年轻的笑脸，听到的是祖国各地的方言。那一刻，我会觉得心里很踏实，因为我也是他们的一员，看见他们，让我好像忘了自己是个异乡人。

那段日子正流行一首歌，只要夜幕降临，所有商店的大喇叭都在放着："你总是心太软，心太软，把所有问题都自己扛……"

天天听也烦了，不免会想：不自己扛谁帮你扛，这词写的！

等溜达累了，我就回去睡觉，睡不着就听收音机。

说起来，当年在深圳，乃至整个珠三角地区，有一档电台节目非常火爆，叫《夜空不寂寞》。主持人叫胡晓梅，我至今记得她的开场白："这是一个热闹而又孤独的城市，我用声音布满天空……"

的确，她做到了，她的声音布满了无数异乡人的天空。

这个节目创下了很多奇迹，持续播出了十五年，据说仅仅是深圳，平均每天就有二百万人收听。当然，我也曾经是这二百万分之一。

现在想来，也只有深圳这样的移民城市，才会产生这样的奇迹。每一天都有数不清的年轻人怀揣着梦想来到这里，他们的故事、情感、困惑、焦虑都需要有人看见、有人倾诉，这也是当年这个节目的意义所在吧。

我那时非常喜欢这个节目，几乎每晚都会准时收听。隔着电波，在别人的故事里流自己的眼泪，这对当时的我而言，无疑是莫大的慰藉。

记得有一期节目是关于母亲的话题，有热线开通，让听众给母亲说说心里话，之后节目组会把这段录音寄回听众家。

结果那天晚上，几乎所有的公用电话亭都爆满。想象一下，差不多二百万人同时打电话是什么场面！

当时，我住的公寓楼下有个小卖部，老板是对年轻的小夫妻，除烟酒糖茶之外，其主营业务就是公用电话。那年头大家都用 BP 机，需要用座机回电话，所以他家的电话前很多时候要排队。

那天晚上，我也在小卖部排队打了一夜热线，还准备了一封信，想着如果打通了的话，要给母亲念这封信。

当然，最后还是没打通，但和小卖部老板由此熟悉了起来。

回想起来，那时，除了电波给我很多的安慰，还有一项我最爱的体育运动的比赛也带给我很多快乐。

那就是当年的世界乒乓球锦标赛（简称世乒赛）。

当时我非常想看比赛直播，可是苦于自己没有电视，只能另外想辙。还好，小卖部有台小黑白电视，平时摆在柜台上，可以让大家免费看。

于是，那些天下班后，一吃完饭，我就去小卖部守着看比赛。可是他家的电视信号总是时断时续，很急人。

老板说："你干脆去 206 看嘛，他家有台大彩电，好多人都去他家看电视。"

我说："又不认识，去人家家里，不是很尴尬？"

老板说："怕什么，他家人很好的。一回生二回熟，都是出门在外的年轻人，能理解。”

想想也是，于是我鼓足勇气走到206门口，门大敞着。

一看，好嘛！一屋子人，有男有女，喊得热火朝天。

没好意思打断大家，我就在门口站着看。当比赛出现一个险球时，我“哎呀”一声喊了出来，大家都回头看我，说：“哟，又来了个球迷！”

我笑笑，不知道怎么回答。

一个壮壮的男人起身走过来，说：“进来坐。”顺手递给我一张凳子。

从这一天起，我和我的邻居们就算认识了。

后来才知道，这家的主人是一对武汉兄弟，人很豪爽，来深圳时间长，认识人也多，大家都愿意和他哥俩来往，还管他俩叫“大哥”和“小哥”。

打那起，只要有直播，武汉大哥就会在楼道大声喊：“开始喽，世乒赛！来看的抓紧！”

大家听见了，就赶忙对付着吃一口饭，跑去他家看电视。一屋子坐得满满当当，这时的206号房间就是我们的欢乐大派对。

看比赛的这些日子，迅速加深了大家的感情，也让武汉大哥人气高涨。大家都默认他是我们的楼长，大事小事都爱找他。

武汉大哥很会做饭，邻居们经常去他家蹭饭，他也不小气，进门递双筷子给你，吃就是。

知道我大学毕业不久，武汉大哥和小哥都叫我“小妹”，每次做点好吃的就来喊我，说看我一个外乡小姑娘初来乍到，不容易。

有一天，大哥来我房间送东西，发现我房间的墙壁上居然长出了蘑菇，笑我说：“你都没看见？”

“我近视，真没发现。”

“你房间这么潮湿，得想办法，搬到二楼去。”

我说：“物业说现在没有空房子。”

大哥说：“我问问。”

第二天他就带了个漂亮姐姐介绍给我认识。这位姐姐也是武汉的，自己住在三楼的一个套间，巧的是，还和我同姓。

姐姐答应让我先搬上去和她同住，房租等下个月开始再和我平摊。

我非常感激，却担心房子租期未满，物业不退押金。又是姐姐去帮我交涉相关事宜，最后物业把所有押金和剩余租金都退回了。

再后来，武汉大哥和邻居们又来帮我搬家，还好东西不多，很快就搬完了。我说请大家吃饭，他们都不愿意，说我刚工作，要多多攒钱，他们把心意领了。

我看着这帮忙前忙后的大哥大姐，觉得自己太幸运了。在这陌生的地方，有这么多人肯帮我，我真心感激。

5 月的一天是我的生日，正好周末。

我在小卖部给家里打电话，和母亲说了很久，心情很低落，想哭。武汉大哥从旁边经过，听见我说话。

大哥等我放下电话，问我：“你哭了？”

我们家乡的方言相近，相互都能听懂。

我摇摇头说：“没有。”

“那咋了？不高兴的样子。”

我想想，还是告诉他说：“今天是我生日。”

大哥说：“哦，是想家了！别难过，我们给你过生日！你等着，我去买菜。”

说干就干，真的，变魔术一般，不到两个小时，一桌子丰盛的酒席就摆出来了。在大哥的盛情邀请下，相熟的邻居们也都来了。

漂亮姐姐还跑去买了蛋糕，并且送了我一个生日礼物，是个刻成我的属相牛模样的石头挂件。

就这样，我在深圳过的第一个生日，居然是和一帮萍水相逢的朋友一起！

那天晚上，我第一次喝了很多酒，很开心。漂亮姐姐给大家唱了首英文歌，还有一个邻居表演了吹口琴。

看着大家温暖的笑脸，听到大家一句句真诚的祝福，我想：多么幸运啊，起码今晚，我的夜空不寂寞！

欢聚的时间总是过得很快，两个月后，我找到另一处离公司近的房子，搬离了莲花北村。

但是，这帮朋友的义气耿直，让我怀念。尤其难忘武汉大哥和漂亮姐姐对我的关照，这也让我从此对武汉人有了莫名的好感。

从莲花北村搬走后，武汉大哥还约着我吃了几次饭。

再后来，听说武汉大哥去了关外，小哥去了清远，漂亮姐姐回了武汉。

那些给我庆生的邻居们，都没有联系了。

在深圳这样一个每天都有无数人来，也有无数人离开的大都市，这样的不告而别、人海失散，太正常不过了。

二十多年过去，胡晓梅的传奇节目早已落幕，我们的青春也已走远，但这一路遇见的那些人、那些事，还依然在记忆里闪着微光，从不曾遗忘。

今天的我也不再害怕寂寞，因为时光教会我：一个人如果能看见自己，能照亮他人，就不会再寂寞。

萍　姐

萍姐是我的房东，也是我当年在深圳遇到的各种房东中最特别的一位。她和她的家人给过我家一样的温暖，尽管当时我并不是很清楚这份温暖的意义，可如今回想起来却倍觉珍贵。能遇见她，确实是我这样初来乍到的外乡人的幸运。

萍姐个子不高，黑黑瘦瘦，短发，戴了副金边眼镜，穿着很随意，闲居在家带孩子，儿子两岁左右。她老公是小学体育老师，姓麦，是位敦敦实实的汉子。夫妻俩年纪都在三十岁左右，我按习惯称呼他俩为萍姐和麦生。

认识萍姐的经过也很有意思。

我刚到深圳时，曾住在老乡家几天，后来就在莲花北村租房住，那是当年深圳最大的暂住区，几乎全是外来人口。

我租的是个单间，有独立厨房和卫生间，物业管理也不错，住得还算满意。不足之处，就是房间在一楼，很潮湿，并且距离公司有些远，坐公交车最少得四十分钟。

同事玲当时租住在田心村，在笋岗仓库附近，也是挺大的城中村。那里离公司很近，即使走路，也只需要十来分钟。于是，玲便劝我也搬到附近。她告诉我，很多村民会直接在家门口贴广告招租，让我去看看，我便在下班的时候直接寻了去。一家一家地看下来，却没有找到合心的房子。

走累了想回去时，突然看见一个小院的门口贴了广告。我走近，看见一个年轻女人抱着小孩坐在门口，她告诉我房子已经租出去了。我道了谢，退出来。

她突然又叫住了我，说："我看你像刚毕业的大学生？"

我答："是。"

她说："这是我妈家的房子，你要是愿意，可以去我家看看。我家也有间空房子，是之前的保姆房，现在保姆不干了。我一般不租给外人，看你像个读书人，我相信你，就带你去看看吧。"

这位就是萍姐。

萍姐的房子和她母亲家离得不远，应该也是自己起的楼。房子外表普普通通，但进门一看，很让我震惊，光一个厅就得几间屋大。后来我才知道，这层楼是她的嫁妆。

田心村这样的村民很多，靠盖楼租房过日子。

萍姐家虽然装修说不上奢华，但温馨大方，尤其是非常干净。连保姆房也布置得和童话世界一样，还有个非常漂亮的白色子母床。可想而知，这样的环境对当时的我来说，简直就是天堂。

可一问房租，一间 1000 元，比我原来的房子贵了一倍，我很惋惜地离开了，但是留下了她的电话。

上班和同事一说，同事很有经验，说："你问问她可以两人住吧。要行，你再找一人合租，分摊费用不就行了。"

我便打电话问萍姐，她勉强答应，但要求如果两个人就要1200元一个月，而且必须是爱干净和有正式工作的女孩子才行。

我算了算，600元房租在我的承受范围以内，就赶忙答应下来。正好老乡介绍了个江西籍的姑娘小梁，愿意和我合租。没过几天，我俩就交了定金搬了过去。

就这样，我们和萍姐一家三口住到了同一个屋檐下，开始了安定而有趣的生活。

小梁在电视台工作，比我忙，天天在外面吃了再回来。那时的我还不大会做饭，但也偶尔熬点稀饭，蒸条鱼……

刚住进去时，我不好意思用萍姐家的厨房，可天天吃快餐也烦，还是萍姐说："你可以在这做饭吃，但做完一定要打扫干净，而且尽量不要用我家冰箱。"

这以后，我便开始正经学做菜。

身为一个川妹子，我还是比较有做饭天分的，尽管一开始难免手忙脚乱，但很快就有模有样。

每次炒菜，麦生就是在客厅闻到都会说："好香啊！"

刚开始我们还是各吃各的，后来麦生总说等我上桌一起吃饭，慢慢地我也就端上我炒的菜和他们一起吃了。

最搞笑的是，麦生也喜欢吃辣，还总是用我做的菜汤泡饭吃，吃剩下的汤也不让倒掉，萍姐拿他也没办法。

萍姐做的饭清淡可口，我尤其喜欢喝她煲的汤和糖水。每天下班回来，有一碗糖水摆在桌上，是我觉得最幸福的事情。

萍姐爱干净，可以说到了一定境界。

那时，每天下班回家，必须脱鞋光脚进家门，而且脱下来的鞋子必须提到洗手间先刷干净鞋底，再晾到阳台的架子上才算完。

客厅干净得可以满地打滚；要每天拉开沙发拖地；厨房里的排风扇每天都拆下来擦洗；洗碗巾和抹布都是雪白雪白的，但有不同的花边区分。

除了正常的拖地、擦地，她还会蹲在地上用刷子刷卫生间和阳台的地面，瓷砖明晃晃得可以照人。

萍姐就这样每天里里外外地忙着，看孩子、买菜、做饭、搞卫生，很少见她有别的娱乐，顶多回娘家串串门。

我当时觉得，作为主妇的她不辞辛劳，为了一个家的整洁和温馨，付出的劳动值得尊重。所以，我对她的各种生活习惯，都耐下性子配合，有时也帮着做些家务。小梁性子直，她本来在家就少，难得休息，就特别不愿听萍姐唠叨，有时还免不了和萍姐有些小争执。

萍姐家客厅有一个大鱼缸，里面养了不少鱼，小梁平时常常喂它们。

可有一天，鱼突然死了一半，萍姐心疼坏了，说一定是小梁喂鱼食喂多了。小梁反驳，俩人吵了起来。

说到激动处，萍姐开始数落小梁的种种，比如从没见过小梁打扫卫生、不爱惜家里的东西、偷偷用座机打长途、把外面打包的菜放冰箱里坏了也不扔……

看来萍姐已经压抑了很久。小梁气坏了，嚷嚷着要搬走。即使最后两人平静下来，但那以后，她们也很少交流。

萍姐有时还会跟我说，再这样下去，如果我一定要和小梁一起住，她会连我一起轰走。

小梁对我也有意见，说就是因为我太老好人，才显得她坏。

这样的日子让人学会成长，让我知道人和人相处是需要付出很多心力的。

日子一天天过去，一晃，我在萍姐家已经度过了一年。

这一年也是我在深圳过得最舒适的一年。萍姐的儿子荣仔慢慢大了，我一下班，他会欢天喜地地迎上来，要我陪他玩。

黄昏的厨房，萍姐忙里忙外，我陪着荣仔打打闹闹，麦生在房间里看电视、读报纸，很有一家人温馨的感觉。

每到这时，我就会想起千里之外的家，想到家里的父母，还有我的侄子，他和荣仔差不多大，可惜我却不能常常抱抱他，不能陪他一起长大。

这一年里，我收获最大的就是体重，还有，学会了说粤语（当地人多称为“白话”）。

因为我当时工作的公司压力比较小，待遇也不错，我每天“傻吃迷糊睡”，于是体重飙升。

萍姐和麦生常常开玩笑，说我像气球一样胖了起来。这样的日子舒服得让我有些不安，觉得应该学点啥，寻思半天，学白话吧。说干就干。

那时深圳有很多夜校，我选了离萍姐家不远的一家，一周上两个晚上的课，学俩月，学费好像是三百元。

就这样，从秋天学到了冬天。当时班上有四十多人，结业时，其他同学还是不敢开口，就我和另外一个也来自四川的女生能和老师比较流利地沟通。我还学会了用白话写信。

我自己也没想到会这么顺利，有时想想，可能是广东话和四川话有很多相通的地方，所以我学起来就容易些。

说到学白话，还要感谢麦生。

刚学那会儿兴致很高，每天一下班，见了萍姐，我就开始用蹩脚的广东话和她交流。估计是我讲得太难听了，以至于后来萍姐一见我，就惊恐地摆手说："你别和我讲白话。"

我说："你讲普通话不也很难听？彼此彼此嘛，哈哈。"

她当时那种夸张的表情，现在想来都觉得好笑。

麦生后来知道了，说："你以后和我讲吧，我给你当陪练。"

于是每天晚餐时分就是我的口语课时间，我讲的话也经常因为不通，逗得他和萍姐哈哈大笑。

慢慢地，我的白话开始流利起来，连同事都说："我们来了几年的人，也只是会听不会讲，居然还不如你这刚来一年的人！"

其实他们不知道，这多亏了萍姐一家的陪练。当然，也是我不怕出丑、勤学勤练的结果。

后来，就是本地人听我讲话，也不相信我是外省人，顶多以为我是广东哪个乡下来的。

说起来，萍姐唯一的爱好是打麻将，可惜这样的机会很少。

有一次，来了几个朋友，萍姐说打麻将，可等打开麻将盒子一看，她就尖叫一声说："啊！蚂蚁！"

只见她立马转身，端着麻将盒子冲到洗手间，给麻将先洗了半天澡，又拿出来用吹风机吹干。

直到今天我还记得，萍姐当时端着盒子的那个奇异的步态——踮着脚、高抬腿，像卓别林一样摇头晃脑，嘴里还咿咿呀呀的，逗得大家笑死了。

这个可爱的萍姐啊。

可惜，天下没有不散的宴席。

不久后，小梁因为回老家的电视台工作离开了深圳，我也换了一家竞争力更大的合资公司，需要经常出差。我觉得无力独自承担房租，又不想再找人合租，于是准备搬走。

萍姐和麦生其实对我真不错，为了挽留我，甚至愿意以800元每月的价格单租给我。可我还是婉拒了他们，换了个更小的房子，也进入了我在深圳的第二个阶段。

当时总想着等忙过这一段就去看看他们，没想到这一别就再没碰过面，除了中间通过几次电话。

后来等我快离开深圳的时候，我去找过他们，但那时的田心村全拆了，他们的电话也打不通了。想找人问问，才发现自己居然都不知道萍姐姓什么。

现在想来，真要找还是应该找得到的，比如麦生的学校名我是知道的。但我当时却没有想到，也就作罢了。

一晃二十多年过去，中间也回过深圳几次，每次路过田心村附近，我总会想起他们。当年的荣仔差不多都该结婚了吧，萍姐和麦生又过得怎么样？他们也会像我一样常常想起那段时光吗？我无从猜测，只愿他们全家安好。

谨以此文遥祝。

重　逢

——萍姐的故事（续）

想想人的一生也挺有意思：有时你无论怎么努力，左冲右突，就是绕不出一条可以走的路来，总感觉四壁是高墙，要不就是死胡同；有时你好像只是随意走走，没有什么想法，居然又会来到一个柳暗花明的所在。

也许这就是生活，只有经历过后回头再看，你才能看出它变化无常的表面下，偶尔也会有的诗意和魔性。

前几年随便写了几篇回忆往事、故人的文章，最近无意间翻出来写萍姐的这篇看，不免感慨。二十多年过去了，我特别想知道他们还好吗？

心念一起，就决定问问一个在深圳的朋友，让他帮忙打听打听。

这位朋友是我2008年汶川地震后认识的，当时我们在一起支教，交谈不多，却彼此敬重。

他曾经是深圳的小学教师，后来辞职做了一名专业的志愿者，还和朋友成立了抗战老兵基金会，人称“广东周大侠”，我习惯叫他“周 sir”。他的传奇故事容我另文细述。

一晃十二年过去，我们这些支教的队友，已经回到各自的生活轨道里埋头拉车，少问世事。

我和周 sir 始终保持着联系，以前是发邮件，后来换成微信，偶有问候。

我先把我写萍姐的文章发给了周 sir，他看完又听完我的讲述时，反复问我：“你找到他们想干吗？”

一句话把我问住了。

我也不知道我想干吗，我感觉，我并不想干吗。

他说：“不想干吗，还打扰人家？”

话虽如此，可又总觉得心有不甘，还是想试试。

他说：“我估计要打听出来不难，毕竟老师流动不大，不过你写的有一个错误，深圳从来没有过泥岗小学。”

“我印象中是那一带，拜托，就看看附近有什么小学吧。”

见我这样，周 sir 也答应下来说试试。

很快，不到一天的工夫，周 sir 就通过一个中间人，找到一个符合我所提供的线索的老师。听他一说情况，我感觉应该就是麦生，不过就连中间人也觉得我动机可疑，不愿直接把他的电话给我。

周 sir 说：“人家问一个二十多年不联系的人，一个自称只是房客的人，找房东干吗！”

“好吧。”我说，“那你把我写的文章给中间人，让他转给麦生看吧，看他能不能回忆起一点。”

想想也是，现在网络骗子那么多，别说陌生人会骗你，连我自己一个多年不联系的朋友联系上我，聊了两次，第三次就开口借钱。他说临时周转，有多借多，有少借少，一个月以内还。最后我转给他五千，结果一个月以后就联系不上他了。

我那个心啊，拔凉拔凉。你要有难处，还不了就直说，何苦躲我？朋友就值这五千！

我心想，要是萍姐他们不愿联系就算了，我尽了心就好。遥祝他们安好，和从前一样就是。

又过了一天，一个深圳的电话打来，我一看，心怦怦跳，知道一定是萍姐他们。

果然，接起来，一听连声音都一点没变，真是麦生。

他犹犹豫豫地说：“你是谁？你找我们干吗？我对你没什么印象呢。”

我问他：“你看我写的文章了吗？”

他说：“什么文章？我没有看啊。我同事说有人找我，我就奇怪，想着这人是不是骗子。”

我听了大笑说：“麦老师还是这么直接。那你怎么还给我打电话？”

他说：“我就想弄清楚你到底是不是骗子。”

我更乐了：“你看，我是骗子我也不会告诉你啊，以后再遇到这样的情况，就不要打电话，最多我再去骗别人。别忘了，好奇会害死猫的。”

麦生也笑，说："听你说话的感觉，我好像又慢慢想起一点了。"

我说："你有没有告诉萍姐，她应该会记得我吧。"

麦生说："我问她，她也想了半天，没什么印象。"

唉，我好伤心啊，我亲爱的萍姐都把我忘了。

我们又聊了一会儿当年在田心村的情形，麦生突然说："我想起来了，你是说住我家里，和我们一起住，对吗？"

"是啊！"

"我一直以为是我另外的房子的房客呢，所以没什么印象。"

"看你，房子太多了吧。我当时和小梁一起住在你家里，天天和你家荣仔玩。都怪那个中间人没把文章给你看，你看了就能回忆起很多事来了。"

"对了，我想起来了，是有一段时间我们分租出一间房，后来我们再没有住家的房客了。"

"哈哈，想起来了吧，我不是骗子吧。我不找你借钱，放心，我就是想给你和萍姐问个安。"

"啊，这下完全想起来了！那时有两个女生住我家里，一个就是你吧，胖乎乎的，另外还有一个瘦瘦的女生。"

呃，能不能不这么直接。

我们大笑，终于对上了，太不容易了。

那种信号陡然畅通的感觉，真是痛快啊！

我们又聊了一会儿，加了微信，我把文章转给了他，他说回家慢慢看。

之后，我给周 sir 汇报情况，他也觉得可乐，说："叙个旧真不容易啊。"

我说："你也很牛啊，半天就给我找到了。"

他说："找个隐姓埋名的抗战老兵不比这个难多了。"

也是。

不过确实感谢这位哥，他轻描淡写不过是隐去了个中周折而已，这就是干事的人的风格。

到了晚上，我仍然很激动，打电话给麦生，想找萍姐说话，可麦生说萍姐还没下班。

我的萍姐成了事业型女性了，厉害。

我说："不急，改天我找她，把微信号给我就行。"

晚一点，手机里突然收到几张相片，一看，居然是我那时在萍姐家的相片，都是和荣仔一起拍的。我一点不记得在她家拍照的事，他们居然还都洗出来存着了。

瞧瞧那时的自己，真是胖得惨不忍睹。

对着这几张相片，我一会儿笑一会儿哭，百感交集。

麦生在相片后发了一段话："这相片是你吧？我们看了你的文章，你把我们写得太好了，你美化我们了，我们愧不敢当啊。"

第二天我加了萍姐的微信，给她留言，她晚上才回我说："我们昨天翻了一晚上相册，也是一起又哭又笑的。"

聊天中我才知道，当年的小荣仔已经从香港中文大学毕业了，真是叻仔啊。

萍姐在荣仔上小学后，就在保险公司工作到现在，还是骨干人员，绝对勤力人一个。

田心村拆了后，萍姐家已经搬到彩田村了，这也是好地方。

我开玩笑说："你个包租婆，那么多房子，还上班？闲不住啊。"

萍姐说："不行啊，要有危机意识啊。"

"哈哈，看你这危机意识强的，我等无房一族不是愧煞？"

这以后，我们也没怎么联系，有时她会给我的朋友圈点点赞。原想等有空视频一下，看看萍姐变样没有，结果也没有兑现。

一直到除夕这天，我突然想到和萍姐视频通话。

电话接通以后，看见萍姐还是老样子，没有什么变化。

她说："我看你朋友圈的相片，感觉和印象中的不大一样，现在一视频，感觉就还是一样的呢，就马上都对上，都想起来了。"

我笑说："主要是当年的小胖妞变成瘦阿姨了，难怪你认不出。"

后来荣仔也出镜了，和我打了招呼，人高马大，还能依稀看出小时候的样子。当然，他对我一点印象也没有了。

麦生倒是不好意思，摆摆手不要上镜，哈哈。

因为家人都在看春晚，所以萍姐走到阳台和我慢慢聊，我们回忆了好多往事，互相纠正彼此记忆的偏差，聊了一个多小时。

最后挂电话时，我看见她擦了擦眼镜。我知道她哭了，哭这难得的相会，哭这一晃而逝的时光。

萍姐啊，不要难过。逝去的时光没有走远，都在我们心里。只要有心，我们就一定会重逢。

祝福祝福，保重保重，切切。

热河路与二姑

一

2008年注定是不平凡的一年，无论是对国家还是对个人来说。

那一年，四川地震了，这是国家发生的大事。

那一年，林殊研究生毕业了，这是发生在她个人身上的大事。

彼时，林殊正好收到南京一所高职学校的面试通知。她赶去参加完两轮面试后，基本通过，但人事处说还需要等院长出差回来才能最后拍板，据说要一周左右。

林殊在学校附近的一家小旅馆住了两天，但又担心万一不被录取还得再找工作，所以需要另寻个长久些的落脚处。

于是，她给老家是南京的嫂子打了个电话。很快，热心的嫂子帮林殊联系好住处，让林殊去找二姑。

去之前，林殊给二姑打了电话，电话里的声音听上去不冷不热。二姑说："不嫌弃条件差的话，你就来吧，我这里其实比小旅社强不到哪儿去。”

林殊犹豫再三，还是去了。二姑家就在热河路上。

那一年林殊还不知道李志，更没听过他写的那首《热河》，如果早知道，也许她会更用心地观察这条路。可惜林殊当时自顾不暇，无心欣赏。

只记得热河路沿街商铺林立，很多建筑都是红砖碧瓦，颇有古意；还有上了岁数的电影院和古老的澡堂，别处很少见。据说，这里曾经是下关最繁华的商业区。

除此之外，热河路让人感受最深的是那站在道路两旁的笔直的法国梧桐，浓密的树冠交相呼应，为行人洒下一路阴凉。即便是盛夏，走在树荫里也几乎晒不着太阳。

就是那一声声蝉鸣，在当时的林殊听来，只感觉心烦意乱。

二姑的房子，就在热河路最繁华路段的后面，是一所逼仄的平房。房间开间很窄，一长溜，被两堵纸板做的墙壁隔成了三个区域。最外面那间是餐厅兼厨房，光线还勉强；里面两间却很黑，没有门，只挂着门帘，白天也需要开灯。屋内没有厕所，要去外面。

地面是凹凸不平的沙土地，有些返潮。乍一看，真是比小旅社还差点。看来二姑说的是实话，也不是为了拒绝林殊。

相处之后，林殊慢慢知道，二姑是一个有话直说的人，有时直接得都有些令人难堪。

二姑家人口构成简单，姑父已经离世十几年，只有个二十岁出头的儿子，小名强子。在林殊短暂借住的十余天里，没有见过他回来。直到今天，林殊也没有见过他。

林殊问起强子的事，二姑就翻出相册，给她看相片。强子长得很英俊。二姑告诉林殊，姑父离世时强子还小，家庭的变故让他变得寡言少语。当时担心生活困难，二姑就听从单位的安排，让强子读了单位附属的技校。

可惜，强子毕业后没多久就赶上单位改制，所有技校毕业生都变成了临时工。强子慢慢地也就无心工作，和一帮弟兄厮混。再后来强子索性离职，成了无业人士，一个月只回家几次，也是为了拿钱。

二姑微薄的退休工资要养活母子两个人，很是困难。这个相片上看上去那么帅气的孩子，却是二姑长久的心事。

初见二姑时，林殊就觉得她长相有些异于常人，也没好意思问她。林殊后来才知道，二姑得的是肢端肥大症，所以面部、四肢都有些变形。

年轻时的二姑有个好嗓子，特别爱唱歌。她经历过下乡，回城后工作、家庭都还差强人意。可惜在丈夫离世之后，自己和儿子诸事不顺，她心情郁闷，从此百病缠身，也愈加不愿见人。

二姑和家中姊妹都不大来往。她自己单位的房子拆迁了，还在等回迁，现在住的这所平房是她爹妈的老房子。二姑说当年是她给爹妈养老送终的，这房子理应归她，何况姊妹们的条件都比她强。

林殊想，除了性格使然，二姑姊妹间的嫌隙也多少与此有关吧。

二姑对林殊，也是忽冷忽热，能感觉到她有时很厌烦家里多了一个人。

毕竟她一个人清静惯了，林殊能理解。

二姑睡外屋，让林殊睡里屋。里屋床上铺着凉席，没有被子。虽然正值夏天，可毕竟是平房，半夜总有些风凉。

后来林殊知道了，二姑是因为有洁癖才把强子的被子收起来了，又不愿重新给林殊找床别的，怕以后还要再洗被子，麻烦。

林殊也不好意思自己去买，显得不太好，想着自己也住不了几天，就用衣服将就将就。

强子屋里只有一张床和一个床头柜，林殊奇怪他的衣服放哪里。屋顶吊了一个灯泡，是拉绳的那种，林殊进出总要开关一下灯。

结果二姑说了："你知不知道，你开一下灯马上关，这样特别费电。"林殊便慢慢习惯了摸黑拿东西。

等待录取通知的那段时间很煎熬，林殊常去附近的网吧上网，看看有没有学校的邮件，回来时二姑总会问："咋还没消息？这样要等到啥时候啊！"

可有时，林殊又觉得二姑对她也不都是厌烦。比如：林殊买些水果蔬菜回家时，她会说林殊乱花钱；有时也说林殊太瘦，吃饭太少。

高兴的时候，二姑会和林殊聊聊过去。

林殊喜欢听她说从前，又怕她说从前。她总是说着说着就沉默了，就像盛夏的蝉，叫着叫着就突然静了；也像晴天里，明晃晃的太阳突然就躲进云层，天又阴了。

林殊恍惚中有些明白强子为什么不愿回来了。这种想接近又想逃离的感觉很奇怪。

盛夏的热河路，蝉鸣声声。走在斑驳的树影中，总有一种时光悠长的感觉。

从小胡同出来，随意走走就有一个大超市，林殊陪二姑去过几次，上面还有一层公共的社区图书馆。二姑有借书证，她喜欢看武侠、言情一类的书。

每次陪二姑去借书、还书，看着坐在那里安静读书的二姑，在那个当下忘却了一切烦恼，林殊真心为她高兴。

二

那一年8月，北京成功举办了奥运会，这是国家的另一件大事。热河路的居民们，每天在路口排队上公厕时都聊着奥运会的奖牌榜、中国队的排名、谁又拿了几块金牌……谈得眉飞色舞。

林殊默默地望着他们一张一合的嘴，听着那些她似懂非懂的下关话，心神飘散到天外了。

想起海子的一句诗歌，化用一下，正好应景：

对不起，今夜，我不关心金牌，我只关心自己。

终于，8 月下旬，林殊接到学校通知复试的电话，之后也顺利被正式录用。

办理完入职的各种手续后，学校给林殊安排了间不错的教师公寓。搬离二姑家前，林殊说请二姑吃饭。

二姑说她很多年没在外面吃饭了，怕不干净。但见林殊执意如此，二姑最后还是同意了。她们在胡同里的一家小饭馆吃了顿饭，饭菜的味道很可口，两人都吃得挺开心。

就这样，林殊带着简单的行李告别了热河路和亲爱的二姑。

等安顿下来，林殊和二姑通了电话才知道，林殊走的这天，强子回家了。

二姑还说："强子会开车，你们学校要是需要司机的话，记得帮忙推荐一下。"林殊连连答应。

一晃到了中秋，学校发了些水果，林殊想着正好该去看看二姑了。没想到二姑接到电话就说："你千万别来哈。晚了，你在这住，我还要给你弄被子，现在天冷了。"

林殊说："我放下东西就走。"

二姑说："水果我是不爱吃的，你千万别来，吃不了就给别人吧。"后面还补充一句："你别来烦我，听见没有。"

几句话让林殊很是无奈。

打那以后，林殊轻易不敢打搅二姑，只偶尔打打电话。二姑聊得最多的还是腿疼，强子又找到工作了或者又不干了。不变的是她总不要林殊去看她。

一直到第二年春天，林殊听说她搬新家了，热河路的平房也要拆了。林殊说："搬新家总该让参观参观吧。"

她才告诉了林殊地址。

她的新家在一个大型回迁小区，离主城区很远。两居室，收拾得很干净。二姑说："总算有个固定的住处，不用再搬来搬去了。"

强子的房间里也终于有了一个大衣柜。

彼时，二姑上下楼已经有些困难，所幸新房子在二楼。

听说强子还是老样子，林殊没有多聊，只叫二姑放宽心，保重身体。

再之后的一天，林殊又抽空去二姑家，发现电话打不通，门也叫不开了。还是物业的人告诉林殊，二姑已经住院几个月了，但具体情况不清楚。

林殊打听到医院位置，再赶过去，一路从挂号处问到科室病床，见到二姑时已经傍晚了。

二姑见到林殊，非常讶异，呆了半天，缓缓地说："你来了。你来干吗？你咋找到的？"

二姑看上去非常憔悴，慢慢聊才知道，她得了股骨头坏死，必须手术。虽然做了最贵的进口支架，伤口却一直无法恢复，疼痛更甚。讲到这里，她难过地说："我现在后悔花这么些钱，受这么大的罪。医生说还得再动另一条腿，我反正坚决不做了，听天由命吧。"

林殊只问她："谁照顾你？"

她说："护工来半天，剩下的时间靠病友搭把手。"

"强子呢？"

"别提他，只当没他，我还心静些。"

林殊问："你咋不给我打电话？"

她说："你是知道的，我谁也不想麻烦。"

看见这时的二姑，再想起她不顺意的一生，她以往的古怪孤僻，林殊突然都理解了。

林殊眼眶湿了，也说不出什么来安慰她。天晚了，只得告辞。

临走，林殊第一次看见二姑眼神里的不舍，决定下次一定早点来，帮她洗洗澡什么的。这么爱干净的人，天天躺在那里得多难受。

后面林殊又去了几次，林殊也终于感觉到二姑的欢迎了，毕竟隔壁病友都天天有人探访，她自己冷冷清清。

有一次去，碰到二姑的小妹妹，她带着女儿，很礼貌地和林殊打了招呼，对二姑也只是问问情况，站一会儿就走了。

二姑说，热河路的老房子拆迁后，街道给的赔偿款归了她和强子，她做手术就是用的这笔钱，剩下些还得留给强子。姊妹们更加疏远了，还有一次都没来看过的。

再后来，二姑终于出院了，听说请了一个家政给她做饭。林殊想，依二姑的脾性，这个家政肯定干不长。果不其然，俩月以后二姑就让人走了。

后面，林殊再去看她，她基本能自理，但下楼还不行，有邻居定期帮她买买菜。听说，强子最近好像有点稳定了，谈了个女朋友，常回家了。虽然林殊还是没见过他。

总之，一切都在往好的方向发展，挺好。

三

几年后，林殊离开南京，换了一所学校。临走时因为太匆忙，也没来得及和二姑告别。

后来，林殊回原来的学校办手续，就联系二姑在中华门附近见了一面。那时的二姑腿脚恢复了许多，气色也不错，林殊和她一起逛了旁边的花市，聊了很久，最后送她坐公交离开。

一年多以后，林殊和二姑又通过一次电话。电话里二姑听说林殊生了儿子，非常高兴，一个劲夸林殊有福气，说她的强子还是没有结婚，她多想早点抱上孙子。

林殊去年和嫂子无意说起，她很多年没有联系二姑，不知道二姑怎么样了。

嫂子说："呀，二姑已经走了快一年了！她是个好人，一辈子不容易，可能就是性格决定命运吧。走了，也算解脱吧。"

林殊简直不敢相信，二姑才六十出头呢。

想想那几年，不管她曾如何拒绝林殊的靠近和谢意，她都是林殊在南京唯一的亲人。

是她，用热河路上小小的平房，收留了最无助、最焦灼的林殊。没想到，上次一别竟是永别。

林殊后悔自己几年来哪怕是电话问候也没有，总想等儿子大一些时带他一起去看看二姑，结果一再拖延，却成了永远的遗憾。

二姑活着的时候，倔强辛苦，也没能与这个世界、与自己和解，如今离开了，烦恼和病痛也终于可以放开她了。

辛劳一生的二姑啊，愿您在另一个世界能重新歌唱，吉祥安康。

至于热河路，林殊想：有机会一定要再回去，看看梧桐树，听听蝉鸣，再像当年那样，在下关站的窗口排队买上一张回家的硬卧票。林殊还想见见当年那个像热锅上的蚂蚁一样的自己，对她说："别急，答案会慢慢来。"

西街西街

西街拆了。

听到这个消息，江欣并不吃惊，因为从走进西街的第一天开始，她就看到那个大大圆圈里的“拆”字，就知道这里早晚会被历史的挖土机铲平，毕竟这是在日新月异的大都市呢。

但即便如此，相信无论对土生土长的西街人，还是像江欣这样的过客来说，西街和在西街发生的故事，都不会从记忆里消失，并将永远留存在心底。

西街是老城里一条普通的小街，南北走向，长二百多米，最宽处不过两辆车宽。沿街两边大多是平房，有的带阁楼或平台，也有些是大杂院，虽然不像北方标准的四合院，但也有些老宅子的感觉。

这里一共有几百户人家，算是一片比较大的棚户区。因为早就知道这里面临拆迁，除了实在留恋故园的西街老人，大多数居民都把这里的房子出租后搬走了。

因为离地铁站很近，出行方便，房租也还合理，即便房子老旧，西街的平房仍然成为许多像江欣这样的异乡人的落脚首选。

所以，当初中介带江欣看房时，虽然这处房子很小，阴暗潮湿，两家合用厨房和厕所，但江欣还是毫不犹豫地做了决定：“就是这儿了！”

慢慢安顿下来之后，江欣越来越喜欢这里。喜欢这里的烟火气，喜欢这里的人情味，喜欢这里的餐馆，喜欢这里的沿街小铺，连那些私搭乱建的房屋都是那么安稳自在地斜在那里。有太阳的周末，四处搭梯子，牵绳子，晒衣物、被子的人们，常常让江欣有回到故乡小城的感觉。

彼时，江欣刚从一段令人疲惫的感情中解脱，身心俱颓，太需要这种现世安稳的感觉。所以对西街的每一个细节，她都坦然接纳，用心感受。

时至今日，她仍无比感谢在西街的每一天，感谢在那里碰到的每一个人。他们并不知道自己每个有意无意的微笑，给了江欣多少勇气，让她能在这里休养生息，爱上这座温暖的城市。

她记得巷口早点铺的那对小夫妻，每天清晨四五点就开门做生意，不论刮风下雪，总是笑容满面。点上一份热气腾腾的小笼包和一份鸭血粉丝汤，那份热气仿佛仍在江欣眼前氤氲。

她记得小卖部的老板娘，新娶了儿媳妇，给每一个去店里买东西的顾客发喜糖。江欣总是去老板娘家买日常用品，到她离开西街时，老板娘的大胖孙子已经出生。多么欢喜的人家。

她记得那个卖肉的小伙子，瘦瘦高高，眯眯眼，年纪不大，却已经是两个孩子的爸爸了。江欣每次去买肉，他都是一边和江欣聊天，一边帮江欣把肉切好，并不加钱。要是久了不去，再见江欣时他也会开玩笑：“最近吃素？是要减肥吗？”

她记得路东头菜店的姐妹，每天放学后都来帮妈妈理菜、收钱。爸爸负责进货，大概因为早起睡不够，总是歪在店里睡觉，睡醒了就吼女人不会生儿子，女人也从不还嘴。虽然讨厌那男人叨叨，可江欣还是常去这家菜店帮衬，毕竟大家都不容易。

她记得澡堂的女掌柜，总是抱怨客人洗太久，还带衣服进去洗，说：“再这样下去关门算了，赔不起钱哟。”

每次去，江欣都尽量洗快点，出来还特意和女掌柜打招呼。女掌柜这时又会关心地说：“你洗这么快？得洗暖和了再出来，别感冒了。”

还有澡堂里那个搓背的大婶，精瘦的人，搓起背来简直虎虎生风。江欣一直不敢尝试这位大婶的手艺，光看看就觉得提心吊胆，也不知道其他顾客怎么受得了。

她记得街对面那家小餐馆的安徽籍厨师，看样子也就二十岁不到，个子很小，他妈妈却高大壮硕。他负责掌勺，妈妈备菜和收钱。

平时下班不想自己做饭的话，江欣就会去那光顾，最常点的是韭菜鸡蛋盖浇饭和回锅肉盖浇饭，就图个快。

小伙炒菜手艺平平，还很固执。江欣和他说了几次，回锅肉不是他那样做的，可他坚持他师傅就是这样教他的。

好吧，江欣想：那就这样将就吃吧。

她记得西街走到头左拐，街面上还有一家川菜馆，那是江欣发工资后必定去的地方。馆子不大，但味道很正宗，是个三十岁左右的四川女人开的。女人长得很漂亮，可好像总是单身一人。帮工里面也没有操四川口音的。

女人很能干，每天从早到晚忙个不停，就是没有笑容。

江欣总会猜想她的故事。

江欣知道自己猜也是白猜，人生总是比小说难猜。

她记得院子第一间屋里的大姐，开始的时候，她们见面最多点点头，也没说过话。

有一天下雨，大姐帮江欣把晒在外面的被子收了回来。江欣回家时没看见被子，还以为丢了，正在懊恼着，就听见大姐在院子里问："晒在外面的是不是你的被子？"

这让她喜出望外。

就这样，她和大姐开始慢慢熟悉。聊天时大姐说自己是安徽人，从老家搬到南京居住，是因为女儿在这里上班，想彼此有个照应。

后来，大姐搬到西街的另一边，还来约江欣去看她娘俩的新住处。再后来，也没有了联系。

还有院子最里面那屋的一家三口，妈妈很有气质，穿着打扮也很富贵，从不与邻居搭讪。

每次看她目不斜视、身板笔直地走过长长的过道时，常常让人产生错觉：这样的人也会住在这里？

可有一天，这位宝妈居然带着孩子来江欣屋里问作业，说看江欣像大学生，弄得江欣受宠若惊，赶快给孩子讲解。

大概是没有上班太闷了吧，宝妈从此就常来拉家常。她说自己原来是新疆文工团的，父母是南京人，在新疆工作了一辈子，退休后带着她回到这里。后来因为年纪到了，经人介绍和老公匆匆忙忙结了婚。

她老公是个公司职员，人很本分，话也不多。这房子是她老公家唯一的房产，他们住在这里等着拆迁。

宝妈的言语中，有许多不便细讲的无奈。

每次江欣总是安静地听，也不拿话安慰这位年轻的妈妈。

再后来，听房东说，宝妈自己回了新疆，把孩子扔给了孩子爸爸，孩子爸爸也搬走了。

江欣知道，不止小小的西街，每一天每一处，有人的地方，就有这样的别离上演。

年轻的时候，不管爱情还是事业，甚至生活，人们大都不知道自己要什么。等到想明白，再付诸行动，付出的代价就有些大了。

西街的日子是那样安详太平，让人留恋。可惜几年后，江欣还是选择离开。

离开西街的时候是夜里，多数店铺都关门了，江欣拖着行李箱，慢慢地走过去，给每个熟悉的店铺挥手告别。

走到街口，一栋二层小楼的露台上，有几个年轻人正在吃夜宵、喝啤酒。大概是喝高兴了，一个个光着膀子在那陶醉地唱着：“我要飞得更高，飞得更高……”

江欣知道，自己的西街故事即将谢幕，但其他人的西街故事还在继续，人间的悲欢离合从不散场。

多年后的某一天，江欣坐在咖啡馆里，一个字一个字地写下自己的西街故事。

是的，这就是她记忆里的西街，西街。

自己的声音

——墅家年会致辞

雅典居和墅家的朋友们，大家晚上好：

今天很荣幸，作为曾经的雅典居的一员，来这里出席公司二十四周年年会。从接到邀请到今天，一周的时间，我都很紧张，想着要说些什么。

可一来到这里，我就放松了。在座的各位，不管认不认识，作为雅典居和墅家的队员与伙伴，都算是一家人。

尽管我离开这个家有点久了，但这个家给我的温暖和加持，我从来没有忘记过。不夸张地说，我一直很骄傲，我曾经是大家中的一员。

回顾过去，公司在业界的业绩有目共睹，具体的荣誉，刚才聂总在PPT里已经有过展示。我就讲讲自己的亲身经历。

我是1998年初进入公司，2001年末离开公司的，近四年的时间，我从一个职场“小白”，慢慢成长为店长、经理、大区经理。对这个让我成长起来的地方，我一直怀着深深的谢意，是它见证了我的成长，也是它给了我即便回到原点也能重新出发的勇气。

所以，谢谢大家，也谢谢聂总，给我这么个机会，站在伙伴们面前，分享我与雅典居的故事，也分享我离开公司这些年一路的风雨。

细细想来，我与雅典居的缘分，要从 1997 年春节的深圳机场开始说起。这个细节聂总肯定已经忘了。当时我决定来深圳发展，一位多年的老友来接我，恰巧聂总也在机场。老友以前在雅典居干过，认识聂总，我们就匆匆打了招呼，聊了几句。那时我并不知道，这位大人物后来会成为我的老板，也更不知道我以后会干上家居这一行。

刚到深圳的第一年，我在一家公司工作，待遇不错，工作轻松而机械，最大的收获就是胖了十斤和学会了粤语。但我心中总有一种危机感，它提醒我不能这样混下去。

到 1998 年初，我打电话给老友，无意间说起想换工作的事，他说好像聂总在这边开了家具公司需要人。几天后，我收到了总助李雪的电话，让我去面试。就这样，1998 年初我进入了公司，一干就是差不多四年。

刚进公司，就碰到开年会。

那时的年会没有这么盛大隆重，具体流程忘了，只记得抽奖环节，我抽到了一个电吹风，这个电吹风一直用到我离开深圳。我还抽到了一个三十元的现金红包，当时非常激动，有一种中彩票的感觉。

年会是在长虹大厦的公司里举办的，虽然之后公司搬了几次，场地越来越大，装修也越来越漂亮，但对我来说，长虹是雅典居的根据地，也是我的福地。

我在这个摇篮里茁壮成长。

公司福利不错，有食堂，晚餐也免费提供，我们这些没结婚的小年轻，就天天扎在长虹大厦里。员工宿舍在香蜜二村，“香蜜湖”这几个字今天提起来，还觉得遥远又温馨。

记得最早时，公司的装修很有特色，有一个修得像碉堡一样的大会议室，里面还有乒乓球桌。楼梯转角有个专门的工具仓库，有个老师傅天天在那里收发工具，很严谨的样子。总之，对我这样的设计外行来说，感觉什么都很新鲜，一切都需要从头学起。

也是那个年会让我看到了公司蓬勃向上的力量。我当时暗下决心：一定要好好干。

进入公司不久，地王家具店开业，几经磨炼，我担任了店长。想想，在深圳最高楼开店，当年光房租就一个月四万多，绝对是疯了。当时，我们都这么认为。

对聂总从设计领域跨界做家具的决心，我相信很多人是不理解的，包括我。设计公司干得好好的，轻车熟路，干吗要这么折腾？

虽然不理解，但我还是告诉自己：既然干了，就好好干吧。

就这样，我一头扎进工作中，除了春节，几乎天天都上班，乐此不疲。一年后，我们店在业界开始小有名气，和很多大公司都有了很多合作，发展势头良好。

再后来，我出任经理，每天下班后，我就会搭中巴去地王巡店，风雨无阻。

再再后来，公司在广州、上海陆陆续续都开设了分店，一年中一半以上的时间我可能在各地奔波。大家对我的称呼也从某掌柜、某老板到某司令，当时我带的兵直接叫我头儿。

印象比较深的是，1999 年广州店开业。不知道现在还有没有叫石牌村的地方，当时的店就在那里。

开业前一天，当我们布置完家具，已经夜里两点，可是还有很多装修垃圾没有清理。工人连续赶工十几天，已经全睡倒在地上，打都打不起来了。关键是，第二天一早还有个新闻发布会。

商场规定白天不能倒垃圾，实在没有办法，我咬咬牙，带着俩姑娘，用手推车来回运了十几趟，干完已快天亮了。我的脚磨出了泡，索性脱鞋光脚走回酒店，冲个凉，换身衣服，喝杯咖啡，就继续来商场准备发布会了。好在，最后一切顺利，开门大吉。

十几年过去，我到现在还很怀念那个光脚走在广州城的晨曦里，手里提着鞋，身上脏兮兮的姑娘。那时的她是那么无所畏惧，很酷。

工作就是这样，你付出就一定会有回报。在公司我学习了很多，收获了很多，最后也收获了爱情。我先生是我当时的同事，虽然他当时在设计公司，我属于实业公司，但也算是办公室恋情吧。所以当时我们是悄悄恋爱，不敢公开。

和所有倾心于爱情的姑娘一样，为了爱情，我不顾大家的挽留，执意离开公司，和我先生一起回北方创业。

临走前我还写了一篇文章和大家告别，发表在公司的内刊上。我当时写道："深圳只有夏天，而我要去追寻我的春天。"

我那时没想到，老家的春天也是短暂的，酷暑寒冬，在哪里都要面对。婚姻比工作复杂多了，可这些，当时那个傻姑娘又怎么会懂。

原以为自己一身本领，无论在哪里，只要努力，就会成功，但创业的艰辛很快就将我打击得狼狈不堪。

不出一年，与人合伙的公司就面临散伙，还背上一身债。这种局面让我无法接受，对家庭和事业都骤然失去了信心。

痛定思痛后，我撤出公司，第二年另起炉灶，独立开了家店。没想到，只开了半年又遇到"非典"，商场强制性歇业，我就赋闲在家看孩子。

我不甘心。我想，创业不行，读书总行吧。

于是我决定考研，没有人相信我能考上。我先生看我把电话线拔掉，电视线也拔掉，问我："你来真的？"

我说："当然。"

就这样，我在图书馆自习室风雨无阻地苦读几个月。那时女儿才两岁，白天只能托付给阿姨，阿姨下班的时候就带她来图书馆接我，我俩换班。以至于很长一段时间，女儿以为我在图书馆工作。

功夫不负有心人，第二年，我终于考上研究生，和读幼儿园的女儿同一天开学。没想到离开大学校园十年后，我这个“老学生”（女儿的话）能重返课堂。

（照理，此处应该有掌声，每年我都会给大一新生讲这个故事。）

研究生毕业后，我终于成为一名教师，既然生活的苟且逃不过，没关系，那我就在课堂上去讲诗和远方。

当然，我先生也很努力，几经沉浮，也慢慢上岸，成功转行，终于不用再提着包包追在人身后要尾款了。

至于聂总的转型，就更成功了。经过十几年的奋斗，他俨然成为民宿界的大佬了，而他的作品——墅家也已成为民宿界的一张名片，在国内外多次斩获大奖。

这次来，作为顾客，我也亲自体验了一把。无论是环境、设计、硬件设施还是服务，都让人感觉“墅家”实至名归。

就像大家说的，当了一辈子乙方，也该当一回甲方了。聂总终于当上能说了算的甲方，恭喜他。

今天的我并不是成功人士，我也不和他们比较。

我既不是甲方，也不是乙方。我是我自己。

和学生们在一起，我很幸福。

和孩子们在一起，我也很幸福。

我很珍惜。幸福就是一种自我感受，它藏在你读过的书里，走过的路上，爱过的人心里。

希望今天在座的各位小伙伴，好好记住这次年会，也许它会成为你生命中的一个记忆，也许它会让你生出一个愿望——未来要成为你想要的样子，就像我当年一样。

或许，我们生而平凡，在汹涌的人潮中，就像一朵朵小小的浪花，但即便是浪花，也会在漫天的浪潮中，努力发出自己的声音，不管那声音是多么微弱！

我的声音是这样的，你们的呢？

最后，预祝大家过个好年。希望在新的一年里，公司继续红红火火，再创佳绩！谢谢！

师生篇

希　望

2008 年 5 月，一场大地震震碎了许多人的生活，也把众多驰援灾区的志愿者凝聚到了一起。这些来自五湖四海的热血青年像激流一样，源源不断地向汶川、北川等灾区奔涌而去。

因缘际会，我有幸也成为其中一员，并与我的队友们在当时的一个次重灾区——什邡顺利会师。

在那里，有一个青山环抱的小村庄，有一所帐篷学校，有一个志愿者团队，还有许许多多可爱的孩子们。热心的乡亲们等待着我们的到来。

时年研究生毕业的我，正在为何去何从的问题而头痛。既然想不清楚未来的方向，索性不想了，先为家乡人民做点能做的吧。于是，拿到毕业证后的第二天，我就坐上了回四川的绿皮火车。

一　缘起

到达什邡已是深夜，虽然是夏天，却感觉很冷。

当年文学社的老友黄队，也是这个志愿者团队的头儿，带着他的队员来火车站接我。我接过他特意买的一碗热腾腾的街头小吃——醪糟蛋，心想：老铁，还是你懂我，久违的家乡味道啊！

见到我，他就酸酸地来了一句：“记不记得当年你南下闯荡，我给你说过，以后你走我不送你，但你来，多远我都会来接你。”

当然记得。那是20世纪90年代，那时还是小黄的黄队刚参加工作，我们就相识于他们厂团委创办的文学社。社长是厂宣传部书记，他非常照顾我们这帮刚工作或者还在上大学的社员们。基本上，我们往厂里办的报纸副刊上投稿，一经选用就有稿费；文学社的活动经费也给得足足的。我们这帮文学小青年经常开会讨论作品，一起度过了许多诗文唱和的美好时光。

之后，得知我即将毕业，想要去南方闯荡，社长非常支持，说他当年也想下海，苦于家累无法成行。他还特地友情赞助了一笔路费，并且嘱咐小黄为我送行。

记得临行前，小黄领我去他们厂子附近吃了富顺豆花，喝了坝坝茶，听了川戏。最有意思的是，在河边遇到一条淘沙船，船老大居然同意了我们上船的请求，让我们沿江顺流而下。时隔多年，在船上远眺的沿途风光已然模糊，但心中那种“易水送别”的感觉还萦绕不去。

老黄说：“当年我们都很佩服你的勇气，你知道吗？特羡慕。”

其实没什么可羡慕的，说来惭愧，年轻的我只是和时光一起步履匆匆地在不同的城市穿行。如今，人近中年，血或许还热，当年的雄心壮志却早随风而逝了。

据说营地还很远，我们几个在车站附近的旅店凑合了一夜，第二天一早换乘中巴、三轮等乡间交通工具，一路颠簸，终于来到了故事的发生地，一个风景秀美的小村庄。

基于可以理解的原因，我将在文中隐去村庄和我们团队的名字，以避免产生不必要的麻烦。

二　团餐

来以前我已经做好了不怕苦、不怕累的思想准备，但来了后发现，仅仅是地震过后一个月，营地就已初具规模，很有个学校的样子了。

黄队告诉我，在众多爱心人士的帮助下，最困难的创建时期已经过去，村子的灾后重建也很顺利。

除了村中那些来不及清理的被震塌的屋舍还在诉说着这里发生过怎样的灾难之外，放眼望去，地里庄稼长势喜人，人们都在忙碌着，生产、清运、重建……没空自怜自艾，一切看起来都在朝着好的方向发展。

主营地搭建在村委会的院坝上。一个大帐篷是图书室，里面有不少各地热心人士捐赠的图书，还有许多成套的桌椅。孩子们阅读、写作业，我们教师改作业都在这里。其他两个帐篷是教学用的，一个用于幼儿园和小学低年级上课，一个用于小学高年级上课。因为帐篷数量有限，都是跑班制和复式教学。

除此外，还有两个帐篷搭在离村委会不远的玉米地里，作为初、高中部的教室。接下来的两个月里，那片玉米地就成了我和孩子们的主场。

初到营地，就碰上一位个子不高却长着一双铜牛般大眼的队员同志，黄队连着介绍了三遍他的大名我也没听明白，一解释才知道，他的名字里带了一个“犇”字，另一个字也相当生僻拗口。

我脱口而出：“嗨，不就是三牛嘛。”

没想到这位同志坏坏一笑：“嘿嘿，应该是四牛，因为我还属牛。”

我一听：“和我还是同年。同年好！”

后来在营地里，大家都开始叫他“三牛”，本名反而慢慢被队员同志们忘记了。

三牛在营地主要负责后勤。还有一位叫长江的副队长，是个“80后”小弟，泸州人，热血青年一枚，负责营地外联及一切杂事。黄队不常驻营地，平时多在成都大本营指挥调度，但会定期来营地送补给。

全队人员流动较大，多的时候有三十多人，少的时候也有二十人，队员分为几组，每组轮流做饭。村委会特别为我们提供了一个小厨房，还有罐装煤气，但限量供应，只能做饭用。

当时队里实行生活费自理制，在读学生志愿者每人每天交十元生活费，工作人士宽裕一些，交二十元。我虽然年龄大，但属于没参加工作的应届毕业生，所以还是按学生标准，每天交十元。

为了安全，我们女队员的帐篷就搭在村委会旁边，而男队员则住在两公里以外的帐篷安置区。每天的食材、用品得一早从安置区买过来，为这，他们早上六点多就得出门，这样才能保证伙食供应。

不难想象，每人每天这点生活费是不够的，还好乡下物价比较低，加上乡亲们经常送些蔬菜过来，所以伙食还能基本对付。

我原以为来这里得吃咸菜、啃窝头、睡露天坝，所以对于现在能吃上大锅菜，晚上帐篷里还有门板可睡、有被子可盖的生活觉得非常幸福，可以说是心满意足。

我们的团餐虽然简单，但大家胃口都很好，毕竟，什么东西都是抢着吃才香嘛。

之前，三牛做饭最受欢迎，因为他有一手好厨艺。这位大哥常常自掏腰包做他最拿手的糖醋排骨，为大家改善伙食。一到他掌勺，不到中午，厨房窗口就围满了不上课的队员同志，一个个跟伸长脖子的大鹅一样翘首以盼。

有些队员调皮，喊："三牛哥，我们爱你！"

三牛大哥拿着他的锅铲挥挥，笑嘻嘻地说："少来哄我，你们爱的是糖醋排骨！"

队员们继续起哄："不，三牛哥，你就是我们的糖醋排骨！"

这位糖醋排骨先生被哄得晕头转向，只好继续挥汗如雨地在厨房奉献他自己。

我去以后，虽然感觉自己的厨艺跟三牛的水平还有点差距，但也很快得到大家的认可。

轮到我们组值日的那天，队员同志们也是欢天喜地。等打完饭，每人捧一大碗，估计嫌帐篷里太热，就或蹲或站地在院子里四下散开了吃。看着大家的种种吃相，可谓活色生香。

我不禁想，大概20世纪50年代的人民公社食堂也就这个样子吧。

好吧好吧，队员同志们，大家都要吃饱饱，吃饱了才不想家！

三牛除了会做一手好菜，还有一个爱好：吹牛冲壳子！

夜里男队员大多要回安置区，会留下一两个值夜，三牛是值夜最多的那几个之一。一到晚上，我们要备课，他就搬个凳子和乡亲们在院坝头摆龙门阵。那种月色下摇着蒲扇，一堆人说古的场景很是祥和。

三　教学

简单地安顿下来，适应了营地的生活节奏后，我的教学工作马上就开始了。

我主要负责初三和高中部的语文课。

高中的孩子们年纪大些，学习也比较积极努力，教起来没有什么困难。初中的孩子就比较难管，他们有些叛逆，偏偏遇此天灾，很有些一夜长大、愤世嫉俗的感觉。

很多人上课经常啥都不带，就带个耳朵来听。

问他："咋不带书？你的笔呢？本子呢？"

"学校都塌了，书包啥的都埋里面了，还读啥书？"

"那你来这儿干吗？"

"我妈不放心把我一个人放家里！"

"好吧，那啥，那我们就不谈学习，谈谈心吧。"

的确，很多家长把孩子送来时都说："老师，我们不指望他在这儿学到什么，就麻烦你帮我们看好他，别出事就行。"

这些以前总逼着孩子学习的父母经此一劫，一下子佛系了很多，终于都明白：关注生命本身比起关注分数更加重要！

虽然这里的教学不需要排名次、拼升学率，但对我来说，难度并不小。孩子们在灾后都出现应激反应，尽管程度不同、表现不一，但他们都需要重塑对未来和生活的信心。

我们能做的就是倾听、安抚和陪伴，其他的只能交给时间。

所以，除了正常备课外，我还需要努力学习相关的灾后心理重建知识。这个学习的过程让我收获颇多。

时间一天天过去，孩子们慢慢和我熟络起来，开始和我倾诉心事，还邀请我去他们家的帐篷做客。

他们总说："老师啊，要不是你们来，我们只能闲在家里无所事事。谢谢你们能来这里！谢谢！"

我心里清楚，表面上是我们在陪伴这些孩子度过这段艰难时光，可实际上，这一颗颗天真的童心同时也在疗愈着我们。

在彼此的陪伴中，我的心开始慢慢沉静下来，那些是是非非、得失去留都变得不再重要。

当时，我的课大都在下午，帐篷内最高温度可以到四十多摄氏度，有一个落地电风扇摇来摇去，聊胜于无地吹着热风。孩子们索性把帐篷围布撩开，只留一个大顶子。这种在一片玉米地里，听着虫叫蛙鸣的教学环境真是别有风味、千载难逢啊。

我自得其乐，但就是蚊子太猖狂。当时，无论天气多热，我都把自己捂得严严实实。

有一天上着课，突然发现后排少了好几个男生，我想：别是上玉米地撒欢去了吧？可是出去找也没找着。半小时后他们一个个悄悄溜回来，一问才知道，他们是跑到不远处的一个河沟洗澡降温去了。看着这帮湿淋淋的孩子，我又笑又气，越想越后怕。这要是溺水了可咋整？后来，我对他们连哄带吓，他们也没有再去过。

除了孩子们的平时反馈，这所学校对老师没有正式的考评，但不代表我们没有人管。

营地里就有一位大人物，随时检查我们的教学工作，那就是我们的督导——周 sir。获得这个名号，大概因为他是广东人，又特别有港台剧里板板正正的阿 sir 派头。

周 sir 以前是深圳某小学的教师，教学经验丰富。他听课从不打招呼，在普通学校是推门听课，我们帐篷没有门，就免了，听课都是直接悄悄到后排坐下。

等一下课，他就会把整齐的听课笔记交给你看，晚上还会找你复盘教学当中的问题。所以，那些在读或刚毕业的大学生教师因为经验有限，都很怕他来听课。

后来，知道他放弃了曾经的优渥生活，常年在云贵地区支教的经历，大家就不那么怕他了，对他更多的是敬佩。

我的课，周 sir 只来听了一次，不到半节课就走了，也没找我谈话。事后，黄队告诉我，他曾经问过周 sir 情况，周 sir 说了一句："这个人的课，是用来听的，不是用来评的!"

过了这么多年，要不是这次整理书稿，翻出当年的日记来，我都想不起这个细节了。或许这句话可以有很多种理解，但我愿意理解为夸奖，也认为这是我教学生涯中获得的最高评价了。

四　开元

我到营地的时候，营地已经基本能自给自足，运转流畅。除了基础设施简陋些，生活条件差点，课程设置和普通的乡村中学没太大区别。

但在营地创立初期，开荒、搭建、外联、宣传、人员组织……太多的事都需要人去做，所以对前期创建人员来说，睡露天、打地铺、喂蚊子、啃泡面都是小意思，更多的艰苦是我们后来者难以想象的。

有的前期队员因为不能长期请假，待的时间并不长；有的不是正式队员，只是从别的公益组织临时过来帮忙；甚至有的是附近的居民，属于搭把手的。

很多人的名字，我们后来的人甚至都不知道。对这些无名英雄的付出，我怀有深深的敬意。

记得有一天上课，突然有人进来，在讲桌上放了一些钱就走。我追出去一问，才知道是一家母子三人从国外回原籍探亲，听说这有一所帐篷学校，特意过来献爱心。他们执意不愿留下姓名，于是在我们队的爱心捐赠登记册上，我帮他们写下了：海内一家，一千元！

我和他们拍的照片还在电脑相册里，祝福他们一切安好！

想想，正是有这些开疆拓土的队友和爱心人士，才让我们后来的队员能在越来越好的环境里专心教学。如果没有他们的汗水和付出，就没有这个积极向上的营地，也不会有这个学校了。

听黄队说，营建初期，一位北华大学心理专业的沈教授在网上看到相关信息，主动联系我们团队，并带着他的学生们来到村里，牵头成立了一个心理辅导工作站。

灾后心理干预，这在忙于救灾的震后初期几乎是被大家忽略的，即便关注，大家关注更多的也都是孩子们的心理创伤干预。但沈教授坚持成年人同样需要心理干预的观点，带着学生们积极开展对村民的心理干预和辅导。

之后，教授回去了，他的学生们继续留在工作站，为村民提供咨询服务。后面陆续又来了好几批学生轮换。

后来发生的事情证明，面对灾难，成年人的脆弱有时超出想象。崩溃往往就在一瞬间，令人猝不及防。

营地快撤离的时候，有个学生家长也许因为不堪重负，也许因为别的什么矛盾，一时没想开，在一天夜里抛下家里的妻儿老小，自己走下河，再也没有起来。

大家听说后都有些伤感。尽管为村民做了很多灾后心理干预，可没想到还是留下了遗憾。

营地里有几个元老级人物，他们差不多从建营就来了。像一位刚转业的老兵，很多人叫他老黑，因为他总是在营地干重活，晒得很黑。还有亮亮、云姐等，他们都在各自的岗位上埋头做事，从不多话。

还有一个河南籍的队友，多数队员都不知道他的本名，就叫他“河南人”。我们交谈不多，只记得他每天晚上会和副队长长江一起组织队员开会，交代教学注意事项、后勤保障问题等，宣布当天账目收支（包括伙食费和杂费用度，接收到的每一笔捐赠物资等），都是些很琐碎却需要细心应对的工作。

现在想来，当时整个团队的管理还是很高效的。我们营地之所以能有条不紊地运转，除了分工明确和队员之间配合良好外，还有赖于很多幕后英雄的付出。

这些幕后英雄由于各种原因，不能亲自到营地支援，就在后方为大家服务。他们在网上成立了后援组，对外发布有关救援需求的信息，收到反馈后再统一指挥调度。我们团队从人员补充及时到有比较充足的救援物资都得益于此。

众人拾柴火焰高，这个团队能走到最后，离不开大家的实干苦干。记得离开的时候，当地政府还给我们发了志愿者证书和一封感谢信。

如今，那封信还在，证书找不着了。

我最近才知道一个新名词——志愿者元年。

2008 年的这场大地震，牵动了全国乃至世界人民的心弦，大家众志成城、奋力救灾，众多志愿者团队迅速成立，加入这个大爱无疆的行列中。

在这个过程中，虽然也出现了一些乱象，但大浪淘沙，终归有一些优秀的志愿团队经受住了重重考验，得到了锻炼和成长。他们从自发的松散型组织，走上了科学管理之路，并在之后国内发生的几次地质灾害中发挥了很好的作用。

所以，2008 年后来被相关专业人士称为“志愿者元年”。

没想到，凭着一颗别无所求的真心，在当时众多支援灾区的志愿者团体中，我们居然也有幸成了开元人士！

致敬，难忘的开元年间！

五　音乐

一分耕耘一分收获，我们学校在当地的名气越来越大，经常有公办学校的老师来我们帐篷听课。很多人听完后说：“原来课还可以这样上！”

我个人觉得，这是因为我们的老师来自五湖四海，水平未必真有多高，但各具特色是一定的。

我上课时也会有新老师来听，我自己有空时也去听别人的课。

此外，我们的团队不断有新的志愿者加入，甚至有外籍人士。曾来过一位加拿大男教师和一位新西兰女教师，主要教英语，平时也带孩子们玩。

他们上课的方式与中国的教师不大相同，所以从他们身上，我总能学到很多有意思的东西。

我至今记得，那位温柔的新西兰女教师，在小黑板上用粉笔一句一句地写下歌词，教几个低年级小朋友唱“you are my sunshine”。

想象一下，夕阳斜照，炊烟袅袅，孩子们天籁一般的童声在黄昏的院坝久久回荡。所谓的岁月静好也不过如此吧。

有一天，营地又来了三位女大学生，是音乐学院的应届毕业生，听说其中一位已经决定留校，另外两位和我一样，虽然毕业却去向不明。

她们三人总是形影不离，也不记得是谁给她们起了个外号，按高矮顺序，叫她们“哆”“来”“咪”，因为非常形象贴切，很快大家就这样叫开了。

三牛爱开玩笑，有时也叫她们“一”“二”“三”。

哆来咪三姐妹来了以后，听说学校虽然开了音乐课，但苦于没有乐器，只能教孩子们唱歌。她们商量了一下，说有办法。

我们都很好奇，也没见她们带乐器来啊。

小朋友们听说有新老师来上音乐课更是激动。可这堂音乐课到底咋上呢？我们没课的老师全部跑去看，大家都拭目以待。

上课铃一响，哆、来、咪三位老师抱着一摞碗进来，摆在课桌上，几个人叮叮当当地试好音，说："今天我们教大家一首打击乐曲《小星星》。先看我们打，一会儿大家轮流上来打。"

一听到这，孩子们高兴坏了。从来没想到，这些普普通通的碗，还能当打击乐器玩啊。

就这样，这堂别开生面的音乐课上完时，孩子们都快把碗给敲烂了。下课铃响了，大家围着哆、来、咪仍然久久不散。

那天，直到食堂开饭，碗不够用，孩子们都不肯让我们把碗撤走。

回想起来，那是多么动人的叮叮当当啊，敲在我心里。那是任何乐器都无法还原的声音，旋律一起，我的眼眶就涌出了热泪。

哆、来、咪，谢谢你们，对孩子们来说，这不仅仅是一堂音乐课，更是一堂美育课。

你们用音乐告诉孩子，这个世界美好的东西很多，人间值得！

六　风波

当然，岁月不总是静好，平地也会起风波。

7 月的一天夜里，我突然病了，一开始是胃痛，之后开始上吐下泻。我尽力忍住，想熬到天亮，后面实在忍不住了。室友被我吵醒了，赶忙叫来值班的长江，先去敲村里一个诊所的门，讨了点药来。我胡乱吃下，还是痛。

第二天一早，长江开车拉着我去了镇医院，没想到，医院还没开门就有很多人在那里排队，老人居多。一见我那面如死灰的样子，大家都问："这女子咋了?"

长江说了情况，老人们都说："赶快让人家志愿者老师先看病吧，我们多等一会儿不要紧。"

于是，我排到了队伍的前头。生平第一次这样明目张胆地插队，还是以这种狼狈样子。

很快，医生给我诊断出得了急性肠胃炎。别说，医院虽小，给我开的药却很灵，吃完药躺了一天，我就又生龙活虎地上课去了。

这次生病只是我个人的一点小插曲，营地还发生了一次比较大的风波，刷新了我对人性的认知。

一天夜里，我们都要睡了，突然接到电话，说男队员们回到安置区，发现他们的帐篷居然被盗了，可以说是被洗劫一空，连脸盆、草席、被褥都没剩下。兄弟们这下抓瞎了，别的不说，这山里的夜，没有被褥可过不了啊。

营地炸锅了，我们也起身赶到镇上安置区。

帐篷外已经围了不少乡亲，他们仿佛比我们队员还激动。

有人义愤填膺地说："太不像话了，这是趁火打劫。"

有人说："这是安置区的保安失职!"

还有人说："走，到镇政府反映情况去。"

总之七嘴八舌、议论纷纷。

黄队大概也收到消息了，赶紧打过电话来，嘱咐副队长千万不要挑起事端，特殊时期以大局为重，不行让队员们先住招待所，有事第二天再说。

我们于是开始安抚激动的乡亲们，慢慢地，大家都平静下来。有的拉我们队员去家里睡；有的说去家里抬几张床垫，抱几床被褥出来；还有的说去超市给买些生活用品回来。队员们感谢了大家的好意，说队长已经安排好了住处，人群这才慢慢散开，各自休息。

在这样一个晚上，从最初听到消息时的怀疑人生，到接受事实时的愤怒、无奈，再到最后被乡亲们的热心所感动，种种复杂的情绪掺杂在一起。队友们在一起谈论了很久。等都安顿好，我们回到营地时已经是凌晨三点多。

后来才知道，男队员帐篷里还有一批药物也失窃了。听老兵说，那是当时从北京赶来救援的一位志愿者医生留下的，全是进口外创药，非常珍贵。

这位医生和老兵都是在灾后几天内就赶到这里的。当时，红十字会的救援还没能覆盖到这个山区。得知很多山上的乡亲受伤，但道路受阻，乡亲们下不来山，他们立即翻山越岭为老乡们送药，用这些药帮助了不少伤员。

直到红十字会的救援队完全进驻，他们才撤下山。

我来得晚，无缘一见这位医生。

这些跨越千山万水的药，这些在满目疮痍的砖石瓦砾中救过命、治过伤、安抚过人心的药，除了价值不菲，代表的还是这特殊时期里一颗颗炽热的心。没想到最后却以这样的方式不翼而飞，太让人难过了。

至于这事到底是谁干的，有人说是拾荒的，有人说是屡犯团伙作案。但在我心中，答案其实已经不那么重要了。

危难时刻见人心，更见人性。

所以，这何尝不是了解人性的一课。

七　洗澡

对我来说，营地别的困难都好克服，但洗澡很麻烦。

因为一直以来，营地最缺的就是热水。煤气只能烧饭用；电力不足，也不能用电烧。

喝水一般也没有热水，靠喝祖国各地捐赠来的矿泉水解决。至于洗澡，那就只能洗冷水澡，无论男女。

鉴于山里的夜寒气逼人，大家一般都会选择大下午洗澡。男生好说，河里都能洗。女生就在村委会给的小厨房后面的隔间洗，人来人往诸多不便，每次都是速战速决。

一天两天行，天长日久，我太想洗个热水澡了，有时恨不能去捡柴火来烧水。

有一次，大家无意间聊起这事，一个初中部女生听到了，第二天特意跑来说："走，今天下课上我家洗澡去。我给我妈说了，让她提前烧一大锅热水，让你们好好洗个热水澡！"

放学后，那个女生居然骑了个二八加重圈的自行车来接我们。天哪，她人才多高！

于是乎，暮色中，一个半大孩子驮着俩大人——我和一位娇小的女老师，一个坐后面，一个坐杠子上，骑行在九转十八弯的乡间小路上。我又感动又害怕，生怕翻车，一路心惊胆战地来到她家。

现在想来，也忘了为什么不是我们带她，也许是我们都不会骑这么高的车，还要带人，路又这么难走。当然，说一千道一万，其实就是我们这些老师除了会念书，运动技能都约等于零。

女孩所在的村子看上去受灾比较轻，除了少数人家的院墙倒塌，大部分屋院还算齐整，包括她家。

一进屋，她母亲笑吟吟地坐在灶前，烧着柴火，一大锅热气腾腾的水等候我们多时了。我吸吸鼻子，家的味道扑面而来。我的眼泪几乎就要掉下来。这一刻，我也想我的妈妈了！

这次来这里当志愿者，我并没有告诉爸妈，怕他们担心。

没想到的是，这次洗澡居然是在露天的状态下进行，就在她家院坝的一个简易布帘后面，而旁边就是一个小竹林。

看看周围环境，我和队友有些懵，互相对望一下，用眼神交流了彼此的疑虑。女孩看出来了，说："没事，我们都在这洗，不然我给你们守着点。"

好吧，既来之则安之，克服克服。

本以为我们会好好享受这来之不易的热水澡，没想到，和平时一样，我俩只洗了十分钟就结束了。

盼望已久的热水固然舒服，但在一堆蚊子的狂轰滥炸中，也是万万不敢恋战啊！总不好意思再向主人提要求，上一盘蚊香伺候我们吧，那有点太过分了。

过了这么多年，很多记忆已经模糊了，但这次特殊的洗澡经历始终让我记忆犹新。

在那个竹林深处的院落，我们接受了孩子的好意，接受了热水的洗礼，更接受了蚊子的热情。

不知道另一位队友还记得这次洗礼不？

八　告别

回忆虽多，故事再长，也要进入尾声了。

8 月初，当地的板房学校陆续完工，学校开始通知学生返校，准备正式复课。学生们都不舍得走，围着我们说不想回学校，甚至有学生对我说："老师，你来我们学校当校长吧，我看你能当个好校长！"

感动之余也很惭愧："从小到大，我当过最大的官就是宿舍舍长，你也太高抬我了。孩子，好好学习，将来你当教育部部长，说不定就可以来点我的将了！如果那时我还没退休的话！哈哈哈！"

我们的帐篷学校也很快接到通知：就地解散！

无论多么不舍，这一天终于来了，这所特殊学校的使命即将宣告结束了。

我们商量着要怎样和孩子们告别，村委会甚至说要给我们搞一个欢送会。大家都说千万别搞，这一搞，激起离愁别绪，别说孩子们，就连我们自己都会受不了。

队里最后决定：悄悄撤退！老师们先走，留几个队友善后。

忘了是谁最先走的，反正陆陆续续，三牛走了，哆、来、咪走了，北华大学的队友走了，安徽师大的队友也走了……

望着静悄悄的营地，我打电话给成都的老友，他们才知道我已经在什邡待了俩月，怪我不早说。他们当天就开车过来接我了，走的时候，又捎上几个队友一起离开。

就这样，在 8 月的某一个周末，我们最后一拨老师也安静地走了。有队友在车上问我：“你说，孩子们周一时会怎样？”

果然，没两天，留守的亮亮打电话来说：“不行，哭惨了，尤其是小学部的娃娃们！”

虽然我不带小学部，但有几个小女生经常来我们帐篷玩，我们彼此也很熟。

其中一个还在亮亮打过来的电话里哭着说：“老师，你走也不告诉我，我那天上学来还给你带了水果糖。你也没留下电话，你要记下我的电话啊，你一定要再来看我们啊！”

孩子啊，很抱歉，没能好好和你们告别，不是不想，是不敢。等你长大就会明白，相聚有时，终有一别。

因为害怕电话变动，所以我当时给学生们留的只有 QQ 号和邮箱。记得前几年的一个暑假，我还收到过一封邮件，里面写着：

> 老师你好，还记得那所帐篷学校吗，我是你当时教过的学生，初中部的。你可能想不起我了，但我一直非常感谢你们几位老师当年的陪伴。很遗憾，老师，我没有考上本科，只上了专科。现在我毕业了，下个月上班，我想等拿到第一个月工资，请你和几位老师回我们村子来。我请你们吃大餐，旅行一趟！
>
> 你一定要来！这是我当年就许下的心愿！

看完这封邮件，我热泪盈眶，胸中涌起无限感动，这是怎样的幸福和成就感啊！以心换心，就是师生一场最好的诠释了吧。

我拼命回忆，却想不起他的样子。还是回信感谢他，说如果时间可以，我一定赴约！

之后他又发来一张当时我和他们班的合影，特意圈出自己的头像，标注：“这就是我”。我仔细看看，有些印象了，就是那帮上课偷偷下河洗澡的家伙之一！

最近听说，那个曾给我打电话的小女孩结婚了，初中部的女娃们很多都当了妈，男生也大多成家立业，奔忙在各自选择的路上。

那个青山环抱的村子，和乡亲们的生活一样，在时光的见证下也变得越来越好，越来越美了。

而我和队友们挥手作别后，从此天涯珍重。

我们都回到各自的生活里埋头干活，再没能回去看看。

老黑的博客里还有河南人临走时写的一首诗。很难想象这位平时寡言少语的大哥能写出这么深情动人的诗，特转录如下：

小斌斌临别歌

我要离开这片热土了
那满目的疮痍
那遍山的鳞伤
都让我禁不住想象它昔时秀美的容颜

我要离开这群朋友了
他们来自各地
把爱汇聚在一起
他们带给我的力量犹如清泉

我要离开这群孩子了
他们的眼神清澈
他们的心灵纯洁
太阳晒黑了他们的皮肤
雨水融汇了他们的眼泪
他们稚嫩的肩膀承担了太多的苦难

我要离开这个乡镇了
那白色的帐篷遮住了多少渴望飞翔的童梦
他们的心灵如此脆弱
犹如鲜花的开落
而我却如此卑微
只能用背影为他们送别

我要离开这片热土了
我不能再握紧老乡温暖的双手
我不能再听到他们深情的语言
每念至此
我都想擦拭自己的泪水
可是我不能
我知道我们的灵魂在一起吟唱
我们为军人
我们为志愿者
我们为千万的乡亲

我渴望我再次触摸这片热土
看到那春风依旧的笑脸
听到那日渐熟悉的乡音
山有情　水有语

我们相互眷恋

我们永远铭记

是的，我们都把那段往事深深地藏在心底。不必提起，但也不会忘记。

就好像我们有个 QQ 群，多数时间都在沉睡，只有每年的 5 月 12 日，群里才会有些动静。只有那一天，大家才会在群里冒冒头，聊聊近况、彼此寒暄。都说："今年该回去看看吧，约起来！"但也只是说说而已。

这不，已经说了十几年了，从未成行。

九 尾声

想写这些人和事的念头已经产生很多年了，但总是拖延，这次终于下定决心动笔。

结果，记忆的闸门一经开启，尘封多年的回忆就像泉水一样汩汩而出，一个个争先恐后地往外迸溅：

有的喊："写我，写我！"

有的说："是的，就是这样的。"

还有的说："不是这样，你记错了，不对不对！"

它们在我的脑子里，跑马一样来来回回，不亦乐乎。

为了抓住它们，我在电脑前写啊写，时而偷笑，时而垂泪，几乎不眠不休。

写着写着，就忘了时间，忘了一切。

写着写着，仿佛又回到从前。

好吧，亲爱的孩子们、队友们，如果你们在我的文字中看到自己，看到我们之间的故事，那就和我一起穿越时光，回到那个小村庄，像从前那样，流着热泪微笑吧。

如果没有看见自己，也不要介意，纸短情长，你们一直在我心里，和那段岁月一样，从未走远。

这是属于我们的集体记忆，写下来，是想铭记我们共同度过的那段付出爱、收获爱的幸福时光！

这些年里，我的眼前经常会浮现出一个场景：

周一的清晨，附近的村舍升起炊烟，远处是青山环抱，溪流潺潺。孩子们戴着红领巾，按高矮顺序整齐地站在院子里。尽管院坝旁边就是瓦砾断墙，尽管天灾后的悲痛还没有走远，但孩子们的一双双眼睛都像朝阳一样明亮，齐齐注视着五星红旗在国歌声中冉冉升起。

这个场景总让我心心念念，如果我会画画，我一定把它画下来。

我想，这幅画的名字就叫——希望！

又及：

本文结稿后， 我无意间在队友的博客里发现了一篇学生的信， 于是几经周折联系上作者。 这位当年初二的学生如今已为人母， 征得她的同意后， 我决定把这封信贴在文后，算是另一个视角的亲历者对那段时光的真实反馈吧！

给老师的一封信

敬爱的老师们：

我是一个十四岁的女孩，十分开朗、活泼。不要说我小，虽然我才是中学里的一个小妹妹，很少说话也很少行动，可我就是我自己，有自己的思想，有自己的性格，有自己的模样……简简单单的一段话就能描述自己了。

他　是

他应该二十六岁，经常给我们上课，就像是我们的班主任。他是一个真诚、平凡的志愿者，他的工作不是老师，而是大老板，但是他从来不对我们耍大老板脾气，就像我们不对他耍小孩子脾气一样——他就是张老师。

喜

我很少说话，可能是因为从小缺少母爱，也不喜欢和其他人沟通。但是在大灾之后，有许许多多的人来帮助我们，其中有一位老师，他时常给我们讲课、陪我们玩，我们在一起十分开心。那一次我们几个人去爬山，爬到山顶时，老师说他以前很少和我们这么大的孩子接触。我想，他此时此刻一定想说，和我们在一起，让他回到了那个他熟悉而又告别已久的童年。我真的十分开心，可以认识这样一位好老师，虽然他不是专门从事教师工作的，但是我也十分佩服他。

哀

时光总是不等人，又过了一周。

“我要离开这片热土……我要离开这群孩子……我要离开这些朋友了……”这是张老师走的时候写的。我看着看着，泪水模糊了视线。有的同学会认为其实张老师也不怎么样。张老师刚来的时候我也认为他不怎么样，可是后面相处久了，我们也彼此熟悉了之后，我就认为他很好，我也不知道自己为什么会这样想念张老师。张老师要走的前一天，我们上了一节美术课，美术老师让我们画出自己的梦想，我的梦想是帮助别人。看到别人开心，自己心里也非常开心。我给许多老师看了我的梦想，那些老师都说好，当然，张老师也不例外，他说很好，希望我可以完成我的梦想。俗话说，有梦想就去追吧！他说的每一句话我都牢记在心，让我坚信自己永远是最耀眼的星星。我能梦想的，我就能去做。

痛

我的心在流血，自己时常想，为什么我和其他人不一样，别的孩子都有爸爸、妈妈，而我从小就没有妈妈，有爸爸就像没爸爸一样。我小时候在姑姑家里长大。对于我来说，在这个不幸的家庭中，能在姑姑家长大已经是万幸了。在这次地震中，姑父受伤了，好像十分严重。他们从来没对我说过。其实我很想说：“你们把一切都告诉我吧。我现在能承受了，我已不再是以前的那个小孩子了，我也有我的想法。你们不要以为我什么都不懂，其实我懂了许多。”但是我明白，我们要把悲伤化为力量，一起来克服困难。

信念

在这里我要告诉老师们和全世界关注我们的人：在学习、生活中我们可能会遇到许多困难，遇到困难时只要有坚定的信念，坚信“我能行”，一定会一次又一次地越过艰难险阻，也会取得一个又一个的成功。大家听过这样一句话没有？“坚持信念所指的实际上就是每个人在人生路上必须做到而又最难做到的事情。”其实人生的舞台只有一个，你自己是导演也是主演，不管你的梦想是什么，一定要走出精彩的第一步。我相信，包括张老师在内的许许多多的志愿者老师们，还有很多有爱心的人，都会在背后默默地支持我们。让我们一起加油！

思念

思念有时候是一种病，有时候想起张老师，我还是会偷偷地流眼泪。还记得他叫我名字时的那种亲切感，还记得他走时对我说“别难过，不管谁教都一样”。我听了心里更难过。

有个姐姐对我说：“不如把对张老师的怀念放在心里，在自己最难过的时候再把这些回忆拿出来。你这样天天想，总有一天你会腻，你也会认为张老师不好了。等到开学之后，你可以骄傲地对你的伙伴说自己有这样一位好老师。”

感 恩

此时此刻，我要感谢志愿者老师们和全世界关心我们的人，特别是周 sir 和队长、副队长，因为队员们来了一批又一批，走了一批又一批，而你们一直在我们身边帮助我们、安慰我们，还要和我们一起玩，给我们讲故事、讲笑话……千言万语也无法表达我对你们的谢意，在以后的日子里，我一定好好学习，为什邡争一口气！我相信你们一定会支持和帮助我，我也会永远记住你们，因为你们是我生命中对我影响最深、最重要的人。不管以后的路多坎坷，我一定会坚强地走下去，不会让你们失望。你们的爱是温暖我的力量。

我长大以后要像夸父一样追求理想，宁可舍去自己的生命，也要把幸福和快乐留给别人。因为我们青少年是祖国的栋梁，如果我们现在还不树立远大的理想，没有为理想奋斗的勇气，以后就很难担当建设祖国的重任。所以我们该用夸父般执着的精神，去实现我们的理想。

虽然我也不知道未来到底会怎么样，但不管以后如何，我相信我的梦想永远不会磨灭，因为它将一直伴随着我成长。

你们的学生：2006 级张＊梅

2008 年 8 月

毕业赠言

毕业了，孩子们!

老师想你们了。我都记着呢，也一直想着再写点什么，作为给大家的毕业赠言，结果一直拖到了6月，得动笔了。可写什么好呢？祝男生前程似锦，女生幸福美满？这些祝福不免美好却空洞。

记得2008级毕业的时候，学校搞了个评选活动，让学生们在网上投票，我被大家推选为全校“大学生最喜欢的教师”。很荣幸，也许是因为我带的班级多、学生多吧。

也没有人提前通知我要作为教师代表在毕业典礼上致辞，所以我没有任何准备。那天我还在教室上课，同事来叫：“让你发言，随便讲讲，几分钟就行。”

从教室到礼堂的路上，我心里默想出几句话，都是不会出错的话。站到台上，近视的眼睛看不清底下的学生，匆匆说完，三分钟还不到，我继续回到教室讲课。

后来有个毕业生找我，他说：“老师，你那天讲的话，还不如平时上课对我们说的话贴心。”

我有些惭愧，看来孩子们对这些轻巧无比的祝福，已经听得很多了。在这人生的十字路口上，你们更想听一些过来人的大实话。

这样，在面对未来的世界时，无论你们是踌躇满志，还是乐安天命，无论是选择奋力一搏，还是顺从父母的安排，都不会那么惶恐，那么不安。

这样，你们会知道，原来有人也曾经这样迷迷糊糊地上路，一路折腾得人仰马翻，可还是不免走错路、看错人、跌跟头、受打击、被背叛，失去很多，但最终也成熟了很多。

嗯，没错，我说的就是自己。都是这样过来的，谁也逃不掉。

好吧，那作为过来人，我和你们说说心里话。

我想对你们说：

我们所有人在一生中，都要经历这样那样的痛苦。痛苦的时候，保持一点乐观精神，学会苦中作乐。糟糕的时光都能熬过来，之后还怕啥呢？

至于人生的酸甜苦辣，也不要担心，只有全面彻底地品尝过，你们才能坦然面对各种挫折，才能学会享受生命的五味俱全。想想，要是每天光吃甜，不会太腻吗？

最最重要的是，人生总是有遗憾的，尽力就好，有遗憾的人生才是真实的人生。这是我最喜欢的一句话，是我们遇到不如意的现实时的良方。

以上，就是我这么多年的一点心得，今天把它送给大家，作为临别赠言。也许简单了点，但是管用。

还有，那天在某位学生的 QQ 空间里看见你们的毕业照。校园里日日走过的宿舍和操场、抛到半空的一顶顶方帽子、恣意绽放的一张张笑脸，这些让我的老心脏悸动了一下，一下子勾起我好多的回忆。

想起我的毕业季，没有帽子可扔，没有散伙饭，只是几个要好的同学在食堂各自拿饭票凑了一餐。

领完毕业证之后，我一个人打好包袱卷，便匆匆踏上了去火车站的公共汽车。行李很简单，书或送或卖，生活用品送学妹了，几件衣服就裹在被子里。

除了班上提前坐飞机去了广东、唯一没回老家的同学外，我是班上最早离校的。宿舍其他几个同学买东西去了，我没等她们。虽然我并不愿回家，可是也不愿留到最后，我怕我受不了告别的场景。

坐在车上，我默默在心底和她们一个个告别，想象她们转身离开校园的样子。

一到火车站，到处都在送别，一群群的学生互道珍重、拥抱哭泣，整个广场也显得灰扑扑的。他们的情绪迅速传染给我。

我对自己说："不能哭，一个人在这里哭，多傻。"我拼命忍住眼泪，然后安静地坐在铺盖卷上，盼望火车快来，既然要结束就早点结束吧。

火车进站的时候，我忍不住回望了一下那座在 20 世纪 90

年代还不那么喧闹繁华，但对我而言，已然无法融入的大城市。我把那一刻定义为我大学时光的真正结束。

如今，你们的大学时光也很快就结束了。所以，孩子们，不，应该说是青年们。

背上行囊，出发吧！

去追逐你们的青春和梦想，能走多远走多远，能跑多快跑多快，能飞多高飞多高！

2013 年 6 月

写给建筑三班的孩子们

终于可以加快我的日志更新速度了。很多同学给我留言，要求快点写到自己班。孩子们啊，等我一一道来。我写日志当然并不是为了完成任务，用文字写下我们之间的故事作为纪念，也是我的心愿。

接下来，该隆重介绍建筑三班的孩子们了。

我和你们班算是交往最密的，这学期你们班搞的几次活动我都参加了，先是春游珍珠泉，然后是饺子会。你们班的同学也是特色分明，给我留下了深刻的印象。尤其是男女生比例极度不平衡，几十比三来着？

先说班长吧，班长是个很有热情的人，热衷于组织各种集体活动，组织能力很强，就是貌似学习不算积极，经常请假。站在理解你们的角度来想，也许就是学生会干部的苦衷吧。但如果实践与学习能兼顾就更好了。挑战一下嘛！

学习委员，我们交流不多，但你是个爱学习的人，这一点很称职。老师看得出来，你对班上的一些同学很无奈，因为他们学习不够努力。这一点，我也常常在想，在普遍厌学的大环境里，怎样能让大家积极起来，找到学习的动力。

首先能做的大概就是做好自己，以身作则吧。要珍惜时间，人生再无少年。（我知道，这是老生常谈，但还是要谈。）

那个佳麒同学，你是什么委员呢？生活？刚开学时那几次点名，我总把你叫成“佳麟”，被你们笑了好几次才改过口来。

印象深的是你的好脾气。你们班最爱玩“真心话大冒险”，每次轮到你，都有很多人起哄。你居然应大家的要求，抱着路边的树唱《征服》，那地方可是人来人往。你能旁若无人地完成，老师可是服了。勇敢！

上学期我安排了课前三分钟演讲，要求每个同学都上来演讲。轮到你时，你精心准备了PPT，但因为立论偏激，很多地区的同学都不乐意了，当场就引发了一场关于江苏和浙江哪个省更发达的论战。

看得出来你很爱你的家乡，这很好。其实在每个人心里，家乡就是另一种意义上的母亲，没有不爱母亲的孩子，只是有人不善于表达而已。

所以老师还是给了你一个高分，因为你比他们准备得都认真。希望你今后能继续发扬热爱家乡的精神，好好学习。还有，以后玩游戏，别太配合他们的整蛊！

那个金发同学，不要到处看，说的就是你！平时上课爱埋头苦睡的你，玩起来倒是很给力，这也不错，会玩的人起码说明热爱生活。

老师看见你们一群人在珍珠泉玩真人 CS 的时候，彼此配合，还有点实战的感觉，玩得那叫一个酣畅淋漓！很感慨，这不就跟我们小时候玩的“抓坏蛋”差不多吗，只要整个木头枪，编个草环戴头上，喊着“冲啊”，一样很尽兴。

可现在居然这么费事，要有专门的场地，租衣服和子弹奇贵。

看来，时代虽然不同了，男孩子心中的英雄梦却还是一样的，只是实现方式不同了。要我说，和平年代，没仗打了，在日常学习和工作中能做个平凡的好人也很了不起呢。

小蔡，福建人，典型的南方男孩，有一双大眼睛，看上去有些腼腆，很在意自己的形象，据说也很怕自己胖。

小蔡同学的文笔很赞。有一次，我在班上念他的作文，大家都被带进了文中那个南方小城的清凉夏季。读完之后，全班静了几秒，跟着响起由衷的掌声。

这也是有史以来，我读范文效果最好的一次。记得我当时写的评语是：“你的文字给了我惊喜。多写，莫放笔！”

女生里，要特别提到的就是小婕。我对你有些歉意，说来话长。

起因是有一次我给大家上团训课。

给大家上这个课的初衷是为了别的班。尽管我知道团训其实效果有限，不可能立竿见影，尤其这不是我语文课的范畴，但犹豫了很久，我最后还是决定要试试。

当时在操场的看台上，我选的都是尽可能简单、不需要什么道具的项目。

第一个叫“信任背摔”，也是团训课的经典项目。

一名队员背对大家，站在一米多高的台子上；下面的人站成两列，两两伸出双手搭在一起形成人桥，接着这个后仰跳下的队员。因为有一定的危险性，所以我很紧张，还带着话筒喊口令，怕出意外。

但没想到的是，几个班里面，你们班配合得最好，除了在一旁当啦啦队的同学，其他人都争着在下面做人桥。不像有的班，一盘散沙，学生都不愿在下面配合接人，因为怕手会被砸痛。

你们班只有三个女生，我就要求女生都跳。其实我自己也怕高，但为了鼓励女生，也只好亲自示范。

想想，我带七个班呢，一周下来跳了七次，每次都是一样的畏惧，姿势也很不优美。

你们班另两位女生都勇敢地跳了，到了小婕你的时候，你说什么都不跳。大家在下面鼓励了你很久，可你还是不敢。

等你总算跳下去，准确点说是掉下去以后，你哭了，我有些不知所措。

后来你告诉我，因为童年时被人推落水过，你有了严重的心理阴影。我觉得非常抱歉，本来是想通过活动增进同学间的凝聚力，却不小心碰到了你的伤口。

虽然我也给你道歉了，但看得出来，你的心结很深。老师希望你能慢慢忘掉过去的阴影，人生的路很长，快乐要常常温习，伤心的事要学会遗忘，这样你才会有愉快的心情去欣赏一路不断的风景。

这样的团训课迅速拉近了我和你们的距离。我也没有想到大家反响这么热烈，也许前几届我就应该尝试一下的。有同学说，原来语文老师还可以上体育课。呵呵，孩子，这可不是体育课。

大多数同学都非常喜欢这样的团训课，觉得很有意思。我的理解是，只要不在教室枯坐着你们就喜欢。

但也有极少数同学说："好幼稚啊，不就是做游戏嘛。"

其实说它是游戏也没什么不好，奥运会的很多项目不就是由游戏开始的嘛。你们感兴趣的电脑游戏是很好玩，但也别忘了那些能让我们快乐的，最简单、最质朴的游戏。

你们班要提到的人有很多，我记得那个想当演员的小姜同学，还有那个在晚会上唱《走钢丝的人》的小李同学。好好加油，喜欢就一定要坚持，说不定你们班还能出个明星。

还有小乐、杜伟、阿强……这些同学都是充满活力的阳光男孩，但篇幅所限，就不一一细说了。

最后，老师虽然离开你们了，可还是希望你们能天天向上。大二了，祝愿大家各自努力，快快找到自己的方向，将来都有一个美好的前程。

2013 年 10 月

时间的魔法

十几年前，我如愿进入一所高职院校，负责招生工作兼校刊编辑，属于行政岗。学期过半，因为一个老师请产假，临时调我去一个班里兼课，一周四节。

如今回想起来，这个班是我带的第一届毕业班（如果以前那些校外代课和支教不算的话），对我而言有特别的意义。

这个班的学生大多来自江浙沪，他们虽然分数不低，但都由于各种原因没有进入心仪的学校。所以，他们来到这所学校算是无可奈何，也都很不甘心。

以前就听别的老师说过，他们班的课比较难上，加上又是临阵换将，我很担心班级不好带。可除了认真备课、认真上课，也没有更好的办法。

幸运的是，学生们很快接受了我，师生之间课上课下都很融洽。

记得有一次讲到语言艺术，我让同学们准备一个相关的演讲或口才展示。前面的同学都进行得很顺利，轮到一个男同学时，他磨蹭半天才上来，还掏出一张皱皱巴巴的纸。大家都安静地坐在位子上等着他开口，结果这位男同学脸红了，瞅着我说：“老师，我不会普通话，我可以用南京话念一首诗吗？”

我一看他的稿子，是《再别康桥》。

想想，用地道的南京话朗诵《再别康桥》。

等他终于读完，全班都笑了。

其实笑归笑，他的朗诵别有一番风味，至今萦绕在我心头。

还有一次，他们班一个平时看上去心高气傲的男生在路上碰见我，我正好回宿舍，他也跟了来，一路说着他的苦恼，诸如来到这个学校的各种不顺、委屈，甚至想过退学等。

说着说着，他来了一句：“老师，我们班同学都在议论，像你这样的人，怎么也来到这样一所学校，太可惜了。”

听上去，他好像是在夸我。

可我想也没想就说：“不可惜啊！哪里可惜？”

他问：“为什么？”

我说：“因为有你们啊。我要不来这里，怎么会认识你们！”

这句话现在听来好像有点煽情，但当时我确实是脱口而出，没有多想。

他听了一愣，说：“老师，就冲你这一句话，我会好好的！”说完就走了。

其实他不知道，即便是这样一所看上去不尽如人意的学校，我也是付出了很多努力才能来工作的。

个中曲折，三言两语难以尽表。只有我自己知道，我多么珍惜这来之不易的三尺讲台。

再后来，除了正常的教学，我和这个男生也没有过多交集，直到临毕业时发生了一点小波折。他的毕业论文被导师打回来修改，平素就桀骜不驯的他很不服气，也不配合修改。导师警告他，如果再改不过，就不让他毕业。

离毕业答辩就剩几天了，我知道以后抓紧去问他怎么回事。他拿给我看他的论文，确实有很多地方需要改动。我让他抓紧重弄，他却犟牛一样说：“不改，大不了我不要毕业证了！”

我本来不负责他这一组，话说到这分上，真不想管了。可我倔劲也上来了，对他说：“你不要耍脾气，把自己的事情做好，不麻烦别人才是成年人应该有的态度。毕业证也不是你要不要的问题，是要你凭本事拿的问题！你自己回去想想吧。”

这次谈话就这样不欢而散。

第二天晚上，我在校园里碰见他的一个“死党”学弟，就问他是不是在宿舍里修改论文。

那个小学弟说：“学长他们班都去城里毕业联欢了。”

我让这个学弟给他打电话，限他一小时内回来。

他在那头说：“我们在练歌房呢，好不容易才聚齐。老师，我明天回去改行吗？”

我说：“对不起，我就今晚有时间给你指导。你想清楚，最后一次机会！”

他还哼哼唧唧。我气极了，训他："立马给我打车回来，我报销！"

四十分钟后，他出现在我面前，还说："老师，我真服了你了！"

我说："是我服了你了才对！"

那天晚上，那个小学弟陪着他，在我宿舍改了一个通宵的论文（因为只有教师宿舍晚上不限电，有网还有空调），我自己则去学校值班室住了一晚。

两天后毕业答辩，他的毕业论文总算顺利通过。

如今回想起来，这事纯属我多此一管，但如果时光倒流，估计我还是会管闲事的。不过，他要是学会了自己成长当然更好！

另外一次，忘了因为什么事，我和另外一个老师去他们班的男生宿舍。

一推开门，虽然有心理准备，但屋里的凌乱程度还是超出我的想象。尤其是门后面一堆矿泉水瓶子轰然倒地的声音，吓了我一跳，猜想得堆多高的瓶子才能发出这种声音。

男生们都有些不好意思地笑了。

我问："你们怎么可以在这样的环境下生活？平时不打扫吗？"

几个人说："那谁回家了，平时都他收拾！"

"要是那谁退学了咋办？这些瓶子是要攒着卖钱吗？"

"不，是懒得扔出去。"

呃，我差点给气乐了，真是懒出一定境界了。

反正，从那以后，后面几年的各种检查任务，我能躲就躲，再没进过男生宿舍。

这么多年过去，很多记忆都模糊不清了，唯独对这几件事印象最深。

和孩子们待的时间虽然不长，只有短短一个多学期，但我一直很感念那段时光。最遗憾的是他们班毕业时，不记得因为什么，我没有去拍毕业照。

几年后，我也离开了学校。我在 QQ 上向大家留言告别，有一个同学给我留言说："老师，你知道吗，当时你的课是下午第一节，只要你上课，我都会提前去教室替你擦干净黑板，这样你就不用来了再擦。我怕粉尘对老师身体不好。"

看见这段留言，我心里暖极了，没想到自己还能有一位这么有心的学生。我努力回忆，也只能依稀记得这是一位平时不爱说话的同学，别的就想不起来了。

在这个世界上，总有人在以各种方式对你好，只是你很多时候都不知道。

平时和孩子们天天在一起，也不觉得什么，可等他们毕业离开后，这些师生间点点滴滴的回忆却总是让人感到幸福。

他们班毕业十周年聚会，因为时间不凑巧，我没能出席。我开玩笑说："等二十周年吧，我一定参加!"

同学们说："不要，老师，你这样一说，时间太快了!"

可不，这些孩子们一晃都已成家立业了，在忙碌的工作和生活中，各有各的精彩。

听说那个用南京话念诗的同学后来成了公务员，估计普通话早已过关，在大会上发言也不再腼腆了吧。

而那个心高气傲的男生也已事业有成，并有了两个孩子，想来不会再像从前那样率性而为了！

感谢岁月，赐予我们软肋，也赐予我们铠甲。

这就是时间的魔法！

追　梦

最近找到一本十年前的工作日志，记录的都是些日常的工作安排，但除此之外，我还发现里面有几段是学生作业的节选。

看内容，应该是当时给大一新生布置的作文，题目无非是“我的理想”一类的。可能是觉得有几位学生写得有意思，才特意抄了下来。

第一位同学写的是：在学校学好专业；看一些经济学方面的书，培养经济头脑；在社团里混好点；不缺课；如果条件允许的话，谈一次纯洁的恋爱，就一次！

第二位同学：我的理想是当一名老师，因为不想再有其他小朋友被打。

第三位同学：我的理想是当孙悟空。

第四位同学：小时候的理想就是得很多很多的小红花。

第五位同学：我的理想是毕业之后开家甜品店。

第六位同学：当一个无业游民！

前五位同学我都备注了名字，唯独最后一位，也是最有个性的这位，没有名字。不知道是我忘写了，还是他当时就是匿名交的作业。

看到这些理想，我心里十分感慨，既感慨孩子们真实可爱，也感慨那时的自己很有心，还能抄下来。要不是有这些记录，谁能记得他们当时的梦想呢？

更感慨时光的匆匆无语。能证明我们来过的，幸亏还有文字！

当年带大一的好几个班，学生很多。光看这几位同学的名字，我一个也想不起来了，就记得想当老师的同学是个女生，其他几位应该是男生。

而且，作为一名普通的大学公共课老师，要说存在感，基本可以忽略。记得父亲说过："老师就是撑船的人，送一船又一船的人过河。但凡上岸后能回头挥挥手的人，都是有心人。"

所以，我和这些学生早已失去联系。他们应该都已成家立业了吧。不知道曾经的理想都还记得吗？

虽然知道这些学生没有在我的微信好友列表里，但我还是忍不住想和朋友分享一下我的感慨，就把这页日志拍了照片，发在朋友圈里。

结果朋友圈里的留言很踊跃，可谓五花八门：

你带的是幼儿园的小朋友吧？幼儿园小朋友这么着急谈恋爱吗？

除了第一个，其他都像小朋友。

说明人家的理想是从小就树立了的。

那个想当孙悟空的同学过来拜拜，我是观音菩萨！

我帮第一个同学改一下：时间允许的话，谈十次纯洁的恋爱，就十次！

大家真是看热闹不嫌事多啊！

又有老友留言："你的学生应该写：人的一生应该这样度过，当他回首往事的时候，他不因虚度年华而悔恨，也不因碌碌无为而羞愧；当他临死的时候，他能够说，自己整个的生命和全部的精力，都已经献给了世界上最壮丽的事业——为人类的纯洁恋爱而进行的斗争。"

我说老友啊，这是对名著的仿写还是篡改？小心点！

这些留言看着很热闹，调侃也好，自嘲也罢，其实都可以理解为成年人对少年敢想敢说的一种羡慕罢了。

年少时，谁没有过理想？但大多数人都没有付诸行动，只在生活的洪流中翻滚挣扎，最后被裹挟着，慢慢忘记了最初的梦。

也有朋友问我："那你的理想是什么？"

认真回忆一下，其实我从小到大的理想，就是当一名语文教师。

记得小学三年级的作文里，我还写过这个，被老师当范文念。不过，随着长大，这个理想开始被其他理想淹没。比如初中的时候因为喜欢听相声，曾经想过当相声演员。

对此我也付出过努力，那就是抄了满满几大本的笑话。这些笑话放在今天有个新名字，叫“段子”。

后来又因为看港台片，我还想过当空姐，觉得能全世界飞来飞去的，好潇洒。当时也没考虑到自己的身高、样貌符不符合标准，反正就是想想。

高中的时候喜欢读三毛的书，喜欢她笔下的撒哈拉沙漠。所以，我还想过当地质学家，可以到处走，说不定能寻到宝。

这些当时所谓的愿望也好，理想也罢，都随着时间的推移浮浮沉沉、忽明忽暗，最终不了了之。

三十岁以后我开始自省：现在的生活是自己想要的吗？

不是，那么要做点什么改变呢？

于是，这才想要拾起最初的理想。

经过几年的不懈努力，我终于实现了这个理想，也算是朝花夕拾，天道酬勤吧。

想来，人这一生只要不忘初心、敢于尝试，总会有些戏剧性的转折的。所以有梦不能光想，而是要用实际行动一点点去追，一步步去靠近。即便最后的结果不能完全如你所愿，但起码努力过，等年老时不会后悔。

最神奇的是，在追梦的过程中，往往会获得预想以外的回报，但恰恰就是这些意料之外的，很可能成就你自己。

最后声明一下，我想对那位想当无业游民的同学说：“如果我对无业游民的定义没有理解错误的话，但愿你没有实现你的理想。”

最最想问的还是第一位名叫海浪的同学：“你大学期间到底谈了几次纯洁的恋爱？如今十年过去，结婚了吗？希望你能依然纯洁。”

课堂小记

这周在讲萧红的《回忆鲁迅先生》。

上次课没讲完，只开了个头，接下来要总结人物形象。因为知道学生们对鲁迅的印象都很刻板，比如尖刻、好讽刺、动不动就跟人骂战等，就特意在上课时带了《鲁迅全集》。

课上，我给大家读了那篇著名的杂文《死》中鲁迅先生交代身后事的那一段，还有那句响当当的“我一个也不宽恕”的宣言。学生们听完，都觉得这位老夫子好有个性。

“哈哈，岂止呀，这位先生并不是只有匕首、投枪，他也有铁骨柔情的一面，私底下他其实还是个很幽默风趣的人呢！只要别踩到他的雷区就好了。”

学生问：“他的雷区是什么呢？”

“是人性最基本的底线。”

这个要求不算高，可在那样的乱世，很多人，尤其是文化圈的知识分子，很容易不自觉地忘掉这些，依附权势，卖文求荣，或苟且地活下去，或吸着别人的血活下去。这样的做派，先生自不能漠然视之，必定要出言相讥，所以少不得树敌，惹人仇之痛之，必欲除之而后快呀！

我说："鲁迅先生是我的偶像，就是你们现在说的'爱豆'！"

有学生问："照你这么说，鲁迅先生骂人就对了？"

当然不全对。鲁迅先生也是人，不是神，和我们一样，他也是一个有缺点的普通人。

对他的人或他的文章，都犯不上捧杀或棒杀，具体问题具体分析即可。

在那些著名的骂战中，鲁迅先生也不一直是真理的拥有者，双方或者几方也会有文字方面的误会，有理解的偏差，还有认识的局限。这些都可以争论，毕竟很多时候，当局者迷，只要争论不涉及人身攻击就好。

这学期，我还陆陆续续给学生带了些家里的书，借给他们看。有少数学生喜欢来借书，还总问我最近有新书吗。

对那些不愿啃大部头的学生，我就给他们找些家里闲置的杂志。

昨天整理那些杂志时，居然翻出一个笔记本，里面有一篇关于鲁迅先生的读书笔记，是我在很多年前写的。我想着正好上课带来给学生们读读，因为只要是讲课外的知识，学生们都非常来劲。

可是，我给学生们读完以后，却半天没有反响。

我问："咋了？"

突然有学生带头鼓掌。听到掌声的我有些傲娇和感动。这帮看上去每天浑浑噩噩的学生，对文字还是有一定辨识力的。

都说当老师是春风化雨，当这一个个学生，上课时在你面前东倒西歪、毫无活力，或者睡倒一大片，让你生气不已的时候，总有少数学生用各种方式给你示意：我收到了，老师，你的雨点我收到了！

看到他们清澈的眼神，这点好为人师的心又鼓起劲来，继续播撒那一点点微不足道的雨丝，希望风把雨吹到这些小树的身上、心上，让他们得到滋养茁壮成长，如此而已，周而复始。

最后讲到萧红的文学成就时，我说："钱锺书先生的理想是三书人生——读书、教书、写书，老师我的愿望也是这样。当然，我不敢跟这类牛人比，我写的就是些小豆芽，随手记下些岁月的痕迹罢了。我在五十岁之前准备出本书，算是给前半生的一个交代吧。"

下课的时候，坐前排的两个学生突然叫我。我走过去，一个男生说："老师，你出书的时候一定要告诉我们，我们一定会掏钱买的，给你捧场！"

旁边一个女生也说："老师，你快点出吧，一定会大卖的！"

我说："老师写的这些不过是敝帚自珍罢了，哪里会有很多人喜欢。"

女生说："老师你文笔这么好，写的书一定会很畅销的！你不要以为我们不懂文学！我们也知道好的文章是啥样的。"

孩子们的热情，让我既感动又有些不好意思。没想到我随口的一句话被他们听进去了。看来是要加紧码字了，不能太散漫。出不出书是次要的，关键是要写起来。

因为，只有文字能留住那些从岁月的掌中无声溜走的点点滴滴，也包括这普普通通一堂课带给我的感动！谢谢孩子们！

亲子篇

头发的故事

女儿打小就要求留长发，对此，我从没反对过。

有一段时间，我因为读书没有在她身边，由爷爷奶奶照顾她几年。她奶奶总唠叨着要她剪掉头发，觉得打理起来很麻烦。女儿却不舍得，我便劝老人随了她意，条件是她要自己学会打理。于是，女儿从四岁就开始自己洗头发，只是梳头还需要麻烦老人。

我读完书把她接回身边后，为了满足她留长发的心愿，还特地上网学会了梳各种漂亮的女孩发式。即便到了初中，因为课业繁重，多数女生都会剪短发，她仍是坚持不剪。每次人家说她，她总是很骄傲地说："我妈妈让我留的！"

孩子啊，说起来，我今天给予你留发的自由，都是因为一个难忘的故事。

小时候，我也有一头茂密的头发，发量几乎是别人的两倍，那是我从母亲那里遗传来的。看她年轻时的相片，一根乌黑油亮的长辫垂在腰后，很是好看。如今母亲已经七十多岁，仍然不大见有白头发。

自我记事起，母亲就总是短发，而且是那种时代感特强的，当年叫“假男式”的发型。几十年如一日，应该就是图个利索吧。

三个调皮捣蛋的孩子，一个三班倒的工作，一堆干不完的家务，母亲当年的辛苦和操劳可以想象。这些，是我为人母以后才真正懂得的。

可从前的我哪里懂这些，还因为头发的事情和母亲起了无数次冲突。

印象中，从幼儿园到小学，每个忙碌的早晨总有一幕上演：

急吼吼的母亲坐在高凳上，一边给我梳头，一边咬牙切齿地说：“看你这头发，像团乱麻，这么难梳，总有一天我给你剪掉。”

我的回答就是：“偏不。”

母亲又说：“哼，等你睡着我再剪。”

这样的对话几乎每天都会有。

母亲总给我扎两个小辫子，这大概是她认为最好梳的发型。我的头发被扎得又高又紧，扯着头皮疼，但我也不敢反抗，怕惹急了她真给我剪了。

等长大一些后，我自己也会梳头发了，不用再麻烦母亲了，但和母亲关于头发的对话，还是经常重复。只不过母亲的口气变弱了，剪发的理由也从“大人没空给你梳头”变成“留头发耽误学习”。对此，我只当耳旁风。

但有一天，也不知道自己当时是怎么想的，我居然答应母亲剪头发了。说起来，那真是一个惨痛的记忆。

那是在一个暑假，天很热，母亲那天大概得闲，说要给我编个辫子再盘起来，凉快点。

可好容易给我编好三股辫，一会儿辫子就散开了。大概是因为我不光头发多，还硬，和我这人一样不服调教。

母亲见状也只好叹口气说：“好吧，你热去吧，我帮不了你了。”

我说：“那咋办？”

母亲说：“咋办？剪短点呗。”

我想了想，鬼使神差地同意了。

我那时居然没有问妈妈要剪个啥样式，也没概念，只告诉她不要剪太短。

结果，悲剧了。

我这风风火火的母亲大人，居然连皮筋都没给我解开，更别说把头发梳顺，就齐着发辫一剪子下去，前后不过十秒钟。要不是我头发多，估计一秒钟就搞定了。我现在想，她一定是怕我改变主意，才一点后悔的时间都没给我留。

剪的时候我也没有拿小镜子照着。剪完后，我回头一看她手里的那条长辫，直接眼都绿了。再一摸头上那个只有一寸长的小鬏，我立马联想到当时正在热播的《聪明的一休》里的新佑卫门。

对，就是那个武士的发型，想想看，那不就是日本相扑手的发型！

“天啊！”我尖叫一声，脑子一热，都来不及冲母亲发火，撒腿就往门外跑。母亲在后面吓得直追，喊：“回来回来！”

我一边哭一边冲下楼去，连拖鞋都跑掉一只，正好撞上二哥上楼，他不知道怎么回事，贴墙边让我过去了。

母亲冲二哥大喊：“拦住她，拦住她，把她给追回来！”

毕竟只穿着一只鞋，跑不快，没跑几步，二哥就追上我了。我蹲在地上，哭得那叫一个绝望啊。

哥哥扶起我，再自己蹲下，背上我慢慢走回家。

这位天天挤对我、和我抢东西的哥哥，此时一句话也不说。大概他也体会到了我的伤心和绝望。

直到写下这段文字时，我还忍不住流下眼泪，深深同情那个绝望的小女孩：“你怎么可以这样简单粗暴，我的母亲大人……”

回到家，母亲啥也没说，小心翼翼地看我。我红着眼不看她，躺床上一动不动。

不记得那天父亲为什么不在，只记得母亲给我冲了一碗藕粉，这是只在我们生病时才会有的待遇，我却没有吃。

夜里，我已经没有力气生气了，妈妈上夜班去了，还是哥哥喂我吃完藕粉。之后，我木然地睡下。

后面的事情就是，我几天不出门，也不愿梳头、照镜子。最后还是爸爸说了妈妈不对，再好声好气地哄我去理发店把头发修齐。我让理发师给我剪了个学生头，勉强能看得过去。

还好是在暑假，不用去学校。等开学时，我的头发长了些，也基本能扎起来了，这事才算过去。

打那起，母亲再没说过我头发的事。

我有好长一段时间不和母亲多说话，母亲大概也觉出难堪。有一天我听到她偷偷跟爸爸说："这姑娘气性好大，剪都剪了，她还要怎样。"

是啊，我也不知道我要怎样，我只知道我不能怎样，只好想：我以后有女儿，一定随她的意，头发愿意留多长就留多长。

就是这样，我的女儿，你的长发得益于此。

写下这些，不是为了抱怨母亲。

事实上，母亲为我留长发也做了很多努力，包括再不说要我剪头发的事，甚至一直到初中，母亲都会帮我洗头。

那时，因为家里没有卫生间，冬天洗头可以上单位澡堂，夏天多半在家用盆洗。而母亲总嫌我头发多，怕我洗不干净，所以经常是夏天的午后，在狭小的厨房里，母亲坐在小凳上抱着我，我仰面躺在她怀里，下面接一个大水盆，父亲托着我的头给我洗。

有一次同学来家看见了，非常惊讶，问我说："你这么大了，还不自己洗头?"我被问得有些不好意思，打那以后才坚持不要父母帮我洗头了。

关于头发的故事，还要补充说明的是：在没有母亲的干涉后，我的长发很快就变得不重要了，没过几年，我就自己去把头发剪短了。

那是高一上学期，我人生中第一次自觉自愿地走进理发店。

那年，学校门口新开了一家发廊，理发小哥据说是从广州学艺回来的。我和几个同学一时兴起，跑去体验了一把，剪了一个当时叫"不等式"的发型，就是两边不一样长的齐耳短发。20 世纪 80 年代流行的港剧里的女主角，差不多都是这样的发型。

可惜好景不长，因为我的发量太多，这个新发型很快就走样了。

每次洗完头，就变成金毛狮王那样可怕，我只好又老老实实地剪回学生头，一直保持到高中毕业。

现在回看那时的相片，学生头也蛮好看的呢。

回想起来，除了头发，成长的岁月里，很多事情都是这样：父母、老师越反对的，我们越要坚持，但没有阻力时，反而又索然乏味。

做了母亲后，我想起母亲当年对我说的那句话："你现在不要对我横，总有一天，你也会和我一样，有人横你的!”

说的是不是就是你，我的姑娘!

无论我如何遂你的意，你也仍然有不满意的地方。不过我也一定有做得不好的地方。但最后我们总会和解的，对不?

算了，还是不要和解了，和解就说明你真的长大了，而我真的也老了，就像现在的我和母亲一样。

温　席

《三字经》里有语云："香九龄，能温席。孝于亲，所当执。"这是讲孝道的。另几句"融四岁，会让梨，弟于长，宜先知"是讲兄弟手足之情的。

而我家的两个孩子，在这物质丰沛的年代，虽没有让过梨，可是关于温席的事情，还真发生过！

一

女儿上幼儿园的那年，我正好考上了研究生，需要去外地。那时没有动车，最快的直达列车也需要四个小时。

巧的是，女儿和我同一天开学。开学那天，家里人逗女儿："你是小学生了，你妈妈是大学生。"

女儿很笃定地说："不，我妈妈是老学生！"

我送完她上学就跳上了南下的火车，重新回到阔别已久的校园。当时一心一意求学的我，并没有意识到这一走意味着什么，尤其是对女儿来说。

今天回想起来，真是执拗如我，无知无畏如我，后知后觉如我。

还好，我跌跌撞撞一路走来，终有所获。

记得9月初开学后没过多久，中秋节放假，我牵挂孩子，便星夜兼程赶回家中。她已经睡下，我没有叫醒她。

等她早上醒来，我满心以为她看到我会很高兴，没想到，她就躺在那里静静地看我，含着眼泪，半天才说话，问我："妈妈，你放寒假了吗？"

才分开半个月，孩子就想着妈妈放寒假时能回来陪她了，听得我心都要碎了。

短暂的相聚之后，又是分离，我只能期盼孩子渐渐习惯，也期盼假期快快到来。

我努力在学习和家庭之间平衡着，不管学习多忙，一个月总要回家一趟。还好那时火车票不贵，要是普通慢车，学生票也就十几块钱。

就这样，我终于盼到第一个寒假，回到家时又是深夜。婆婆告诉我，女儿一直说等妈妈回来，熬不住了刚睡下。看着熟睡的女儿，我心中满满的幸福。

她这次醒来，又瞅我半天，我赶忙说："这回真的放寒假了！"

女儿笑了，说："我知道，妈妈，你晚上睡得好吗？"

我有点奇怪她这样问，回答："睡得很好啊。"

"暖和吗？"

"暖和啊！怎么了？"

"妈妈，我上半夜睡的你那边，等暖和了才睡我这一边的。我怕你回来冷！"

听完，我的眼泪立马就下来了。多么乖巧懂事的孩子，才不到四岁。我什么话也说不出来，只能紧紧拥她在怀里。

有这样的孩子，做父母的怎样付出都是值得的。

这是女儿小时候给我温席的故事，这个小人儿带给我的感动还有很多很多。当然，她长大后，带给我的烦恼也有很多很多，留着以后慢慢写吧。

二

下面是儿子的温席故事。

第一次带儿子回南方老家时，是乍暖还寒的初春时节。

离开南方很多年，我已经有些不习惯冬天没有暖气的日子。尤其是儿子，冻得在屋里直蹦跶。晚上睡觉时，被窝也总是睡不暖和。除了开电热毯之外，母亲还用一个热水袋为我们捂脚，要不然到天亮脚都是冷的。

有一次，我突然想起女儿小时候为我温席的事情，我对他说："你知道吗？姐姐小时候都给妈妈暖被窝。"

儿子听了毫无反应的样子。

唉，看来有必要开展传统美德教育了。我又把《三字经》里黄香温席的故事给他讲了一遍。

这下好了，他听着听着，脸色就不对了，一开始是噘嘴，后来泪水也出来了，一副委屈的样子。

我就奇怪："你哭啥啊？我也没说你啥。不就是讲黄香的故事吗？你不愿意给我暖被窝就不暖呗。"

没想到儿子说："我不想当黄香！"

"为什么？"

"因为黄香没有妈妈！"

天啊，原来关注的点不同，反应真是不同。

大概这个故事，儿子别的没听进去，听到的只是：这个黄香没有妈妈，所以心疼爸爸操劳，才去给爸爸温席。

所以，娃不关心该给谁温席，他只关心不能没有妈妈。

所以，他才说不想当黄香。

孩子的这种反应，可不可以也理解为是对母亲的一腔热爱呢！

这就是我家的温席故事。这两个版本给我的启发是：每个孩子都是独一无二的，哪怕是一奶同胞，也会性格迥异，不应该盲目比较。家里有多个宝宝的妈妈一定也有我这样的体会。

父母对孩子的了解，有时往往是想当然的，需要不断修正，才能真正做到与孩子一起成长。

而这一切都需要时间，需要体会，需要爱和耐心。

是以记下，与诸君分享。

静待花开

女儿放学回家突然问我：“妈妈，你赞成早恋吗？”

吓我一跳，什么情况！

看见我警惕的神情，女儿拍拍我的肩膀说：“哎呀，别紧张，放轻松，纯属理论探讨。”

“探讨啊，探讨好。”我清清嗓子，准备讲好这堂课，“这还用问吗？关于早恋，答案是肯定的，No!”

“为什么？”

“没有为什么。”

女儿生气了：“你不认真!”

“没有，我很认真，真的。答案真的很简单，就是一个 No!”

“你是说你也不赞成了？”

“是啊，我也不赞成，和所有家长一样。”

女儿有些失望：“我以为，你跟别的妈妈不一样。”

“你这是在夸我吗？宝贝。”

“可是，我就是想不明白，为什么你们都反对。”

“早恋的危害，老师肯定都给你们讲过了吧。你希望妈妈对你说‘好，去吧，去恋爱’吗？”

“我也不知道。好吧，当我没说。”

女儿说完，也不愿听我讲话的样子，就自己走进屋，半天没出来。

我心爱的姑娘啊，是哪里的春风吹到你少女的心里，还是别的女同学将心事与你探讨后，让你生出这许多的惆怅和疑问？

其实，妈妈心里还有半句话没有说出来：“不赞成，有用吗？”

好像很矛盾对吧，我试试看能不能讲清楚。

先说为什么不赞成。

做父母的都年轻过，都从花季走过来，所以知道花季少年的所思所想。但正因为经历过，所以格外紧张，因为我们知道，青春的花蕾绽放得越早，盛开得越美丽，被采摘的概率就越大，凋谢的也就越快，最后往往只落得一地残枝。所以，虽然花总要开，但千万不要急着盛开。

因为只有经过时间的历练、风霜的洗礼，你们的枝干才能更加茁壮，承受力也会越强，青春的花朵才会绽放得持久美丽。

这就是原因，我的孩子。

再来说说，为什么不赞成也没用。

春天来了，草自然要绿，花自然要开，少男和少女都自然要满怀心事，没人阻挡得了，因为这是万物生长的法则。家长万千小心、严防死守，也防不住两颗青春蓬勃的心互相吸引。

于是乎，不管家长如何全程陪读、往返接送，校园里的小纸条、放学途中的小眼神，也不能完全杜绝。

于是乎，半真半假的试探、或明或暗的表白之后，早恋的序幕便拉开了。少男少女们开始各种形式的交往，可一旦被老师、家长发现，那结局可想而知。

有的曲线救国，转入地下，由于压力变得紧张而敏感，关系大多无法持久。

有的屈从师长，勉强收拾心思，在书本中叹息疗伤，久久不能平静。

还有的“越挫越勇”，以退学、转学的方式抗争，但最终能修成正果的屈指可数。搞不好，将来还会成为一对小冤家，后悔为了彼此这棵树，失去看遍森林的机会！

所以我说，早恋，父母肯定不赞成，但也肯定防不住。

估计多数家长都只能寄希望于运气：

“缘分啊，别忙着让孩子们的眼神碰上吧。”

“春风啊，别着急吹开这朵花吧。”

我反正就是这样想的。

当然，你是会独立思考的孩子，以上种种，估计还是不足以说服你。我再说说关于妈妈自己的一件事，也许可以从侧面反映一定的道理。

春节我回老家，碰见多年不见的学长，寒暄之后，聊及当年的老师和同学，他突然说："你知道吗？高二的时候，你爸爸来找我谈过话。"

我说："为啥，他又不教你们班。"

学长说："他让我离你远点，不要影响你学习。"

"有这事？他怎么会误会我们？"

学长说："就是因为有两次看见我骑车带着你下晚自习。"

天啊，仔细想想，当时应该就是搭个顺风车而已。

我完全不知道这事，听学长这么一说，觉得又好笑又有些不好意思。

学长也笑了，说："没事，早过去了，反正吓得我以后见着你都绕道走了。"

孩子，看吧，这就是我亲爱的父亲，你的姥爷，一位勤恳正直、两袖清风的老教师，在我青春期的时候，用他的一点职务之便，替我扫除掉一点点他认为的潜在危险，让我可以不受干扰地往前走。

还好当时我不知道，要不我也会和你一样，认为他是家长制作风了。

但今天的我，已经能够理解他的良苦用心了。

所以，无论是我自认为的开明，还是你认为的和别的妈妈不一样，其实都基于一个前提，就是我了解并信任你的自制能力。但就爱情而言，又有多少人能做到理性和自制呢？

这对成年人来说还是个难题，何况是你们。

我能了解你的困惑，能理解你想要的自由，但在你十八岁成年以前，我还是不能完全放手。

这是我的基本态度。

当然，我很高兴你愿意和我讨论这类问题。也许我不能完全帮你解开疑惑，因为关于人生、关于爱情，我们大人也有想不明白的地方。但起码你我之间是坦诚的，在这些貌似无用的语言中，我们的心是在一起的。

所以，我亲爱的姑娘啊，一切都是最好的安排，就让我一路陪着你静待花开。

吾　乡

一　这是什么鬼

前些天找到一本女儿小时候看的《西游记》绘本，书页已经破了，但读幼儿园中班的儿子很喜欢，让我念给他听。他听完后有无数的问题要问，我便在网上重新给他买了一套四大名著绘本，难得娃喜欢。

买回来后，他自己经常翻看。等我给他把《西游记》《三国演义》讲完，他又说想听《红楼梦》。我说：“这本书有点难，里面的人物多，关系又复杂，你可能听不懂哟。”

“不，我就要听。”

“好吧，那就讲吧。”

翻开书，第一回就是《林黛玉进贾府》。

因为怕他听不懂，我并没有完全照书念，有些人物关系我也省去了，尽量用平淡简单的口气讲完。没想到，儿子听完后，居然神色黯然，眼里还含着泪。我很诧异：“你咋了？”

“我也不知道，就是觉得很难过。”

“为啥难过？”

“黛玉没有妈妈了，又要离开爸爸。她在别人家里就会想家。”

听儿子这样说，吓我一跳，我这是生了个贾宝玉吗，这么多愁善感。

好吧，我的儿啊，以后你还是继续听《西游记》吧，看来还是那样的故事更适合你。

女儿回来，我给她讲这件事情，想听听她对老弟的看法。没想到女儿一脸不屑的表情，说：“这点出息！”吃饭时，她对弟弟说：“还是听老姐给你讲个故事吧，保证你听了不会哭。”

儿子一听来了兴趣，认认真真坐好，听他姐说话。

“不过我先剧透一下，这个故事很短，前面有点吓人，中间有点搞笑，后面有点无聊哈！”

“你说吧，我不怕。”

“从前啊，有一个鬼！吓不吓人？”

“不吓人！”

“他放了一个屁！搞不搞笑？”

“然后呢？”

“然后就没有了呀，因为他放完就跑了！这个结尾是不是很无聊！哈哈哈！”

儿子听完大笑，简直笑傻了，瘫在椅子上半天起不来。

我愣在那里。

见我一脸茫然的样子，女儿说：“唉！看你这反应迟钝的，这么个老梗都听不明白。”

“什么？脑梗？”

“我的妈妈呀，你这智商，当年可咋毕业的呢？”

各位，你们听过这个梗吗？而且据说是老梗哟。我都快被这位女侠气出脑梗了！

也就是说，我家有位贾宝玉，还有一位解构主义大师！

二　补刀专家

早饭时间。

儿子问：“蟑螂咬人吗？”

“不咬。”

“那蜜蜂呢？”

“也不咬。你记住，这些小动物、小昆虫一般都是不咬人的。除非是你要伤害它，它为了保护自己的安全才会咬你。”

女儿走过来，听见了，眼珠一转，挑衅地说：“请问母亲大人，那蚊子呢？”

“呃，妮儿，能不能不要这么一针见血啊？”

女儿：“对不起，老妈这堂关于人与自然和谐的课白瞎了。”

三　小叛徒

为了收手机的事情，前晚，某位同学给我闹情绪，并且声泪俱下地控诉我强权专政。她还说自己不能没有手机，因为离开它，寂寞空虚冷，晚上睡不着。

“没有它，学习失去了动力！生命失去了意义！”（原话哟，多么文艺。）

我收下她的各种批判，继续执行专政。反正拿定主意，看她要闹几天。

好容易这两天平静下来，可今天发现，儿子趁我做饭的时候悄悄把我的手机递给女儿，还说：“老姐，我偷来的，你赶快玩吧。我给你看着点儿！”

听见这小叛徒的话，我真是……

唉，不说了。让我一边去哭会儿！

四　不妥当

最近忙，没空接儿子，他也慢慢适应了放学自己回家，但早上还是要求我们送。如果偶尔没能送他，他就一副很失落的样子。

问他：“为啥不能自己上学去？”

他说：“你送我的话，在路上我们可以复习古诗，可以讲故事，可以讲笑话，也是亲子时光啊。再说我一个人去上学，觉得很孤单。”

“那放学呢，你不还是自己走回家？”

“放学后可以和同学一起走啊。”

“好吧，我懂了。”

想想也是，我自己小时候最大的乐趣就在上下学的路上，尤其是放学后可以呼朋唤友、成群结队地一路疯跑打闹，简直乐翻天。

而在这都市中，车多人多、寸土寸金。学校上学前才开门，放学后就静校。除了商场和游乐园，基本没有孩子们撒欢疯跑的地方。

每次看见那些坐在父母的车里、爷爷奶奶的电瓶车上或者被套在小饭桌阿姨手拉绳里的孩子们，我总觉得他们少了很多参加集体活动的机会，也少了很多快乐的理由，确实很遗憾。

看儿子这样说，我便尽量送他，实在忙不过来，就让女儿帮忙送。

可没几天，儿子又说了："还是不要老姐送我上学了！"

"为啥？"

"因为我觉得她送我送得不妥当！"

"不妥当？啥意思？"

"每次她不走到家长止步线就回去了。"

"差个几米有那么要紧吗？"

"反正就是她不认真呗。"

"好吧，我说说她，让她下次注意。"

转达完儿子的诉求后，女儿有些不好意思，说："我明天一定送妥当，送到位！行吗？"

第二天早上，儿子跑去叫他姐姐起床，又跑回来愤愤地说："她说她不想起！我说吧，老姐就这样！"

唉！姑娘啊，不怪弟弟说你，看来你确实有点不妥当！

算了，靠人不如靠自己，再把闹钟提前半个小时吧，满足这喜欢亲子时光的娃！

我家两小只的故事太多太多，以上不过是我随手摘取的几则。

他们的成长记录，我已经写了厚厚的几大本，写下来是为了对抗遗忘，也是为了记录时光。

想想自己多年前来到这里，一切归零，唯有不断沉潜、沉潜，才扎下根来。他们既是我这二十年来认真生活的见证，也是时光对我的慷慨回馈。

作为父母，表面上是我们给了孩子一个家，但对我这样的异乡人而言，其实也是这俩娃给了我一个家，一个有争吵、有烦恼，更有无数感动瞬间的热气腾腾的家。

所以，我想对孩子们说："谢谢你们，我爱你们！"

是你们，让我不断成长，不断修正对生命和自我的认知。

是你们，让我人到中年依然不肯与梦想别过，在人生的起起落落中，体会生命的充盈之美。

更是你们，给了我此心的安处——吾乡。

智　斗

一

最近记忆力下降得很厉害，总是忘这忘那，尤其是手机，一天要找好几次。那天突然想起来给手机设个密码，怕万一丢了的话，信息和相片不至于被盗用。

正好，女儿来借我的手机查东西，我就给她打开了。她知道我之前从不设密码，很惊讶地说："难得你还有点防范意识。"

过一会儿，她又跑过来："我就离开一会儿，它又锁屏了，你再给开一下呗。"

我当时正在厨房炒着菜，想也没想，就直接把密码告诉她了。这丫头瞪着眼，表情很复杂地看了看我，没说什么，走了。

到中午吃饭的时候，女儿说："妈妈，我现在有个深刻的体会，这智商高的人，在智商低的人面前，简直是英雄无用武之地啊！"

“啥意思?”我问。

“你知道吗?刚才我本来是想破你密码的。我还特意费了一番心思，想着你在厨房里忙活，手上肯定有油，我就故意把你的手机屏幕用湿巾擦得干干净净，这样你一输入密码，我不就能看见油印，就能猜到密码是啥了吗!”

“啊!我设密码又不是为了防你，你问我不就行了，多此一举!”

“反正没想到你老人家直接就告诉我了，一点难度也没有，白费我一番苦心。唉!”

“这叫智商高?这是心眼多，好吧?”

“呃，我这要是算心眼多的话，那你就是缺心眼!”

好吧好吧，我这人还就是缺心眼。这一路闯荡，我的缺心眼还真是帮我破敌无数呢!你现在还不懂，年轻人，还是把心思放学习上吧。这个世上大多数人的成功，靠的不是智商，而是汗水和信念。

不要太聪明，我的姑娘啊!

二

还是手机，这回轮到老公的手机了。

老公的手机一直是加密的，我也从来不看。但女儿会偷偷玩，因为她知道她爸的手机密码不是这个的生日就是那个的生日。

结果有一天，她发现之前的密码打不开手机了，问她爸怎么回事。

老公笑眯眯地说："嘿嘿，就是不想让你玩我手机，我换了密码，而且不是任何人的生日。"

女儿没辙，只好作罢。

后来有一天，这位先生忘记了自己的密码，想了很久也打不开。

女儿哈哈大笑，说："这下好了，防来防去，防到自己了！"

费了很大的劲才解锁成功。女儿说："爸爸，你老人家就别这么麻烦了，我帮你设个指纹密码不就行了吗？"

她爸问："你会啊？"

"会，当然会。"

女儿满脸的傲娇，一通操作，很快就设好了密码。

都以为这下就相安无事了。

可那天我却发现女儿又在偷偷用她爸的手机追剧。

我问她："你咋打开爸爸的手机的？他给你开的？"

女儿含含糊糊地说："是！"

正好她爸走进来，我便问他给姑娘密码了没。

他也很疑惑："没有啊，我还到处找我的手机呢。"

我们只好"三堂会审"，这丫头老老实实地招了："很简单，嘿嘿，我当初把自己的指纹也输入进去了。"

我们听完，都长叹一声。总有一天，这姑娘把我们老两口卖了，我们都不知道哟！

三

又是手机。这次不行了，肺快气炸了！

这学期发现，女儿总在夜里关灯后玩手机，好几次都玩到凌晨一两点。一查手机才知道，她除了追剧，很多时候是在聊天，加入的聊天群很多。比如她们同学有个 QQ 群，大家听听名字吧——誓死不睡群！

看了看聊天内容，大多是吐槽爸妈和老师的，估计以此缓解压力吧。很荣幸，我也位列其中，而且还有个响当当的名号，叫“我家女魔头”！

看完直接给我气乐了。

我一直觉得，她们学校没有严控手机是个漏洞。可女儿说学校本来是不让带手机的，但她是学生会干部，为了处理相关事务，所以有特许权。

于是从那天起，她爸让她每天晚上 9 点上交手机，早上再拿走。她虽然不愿意，但碍于她爸的威严，还是勉强服从。

今天上午我发现，女儿把手机落在家里了。这位可是没有手机就丢了魂的人啊，本想着她一定会中午回来拿的，因为家离学校很近。

没想到一直到下午，她都没回来。

等她下晚自习后回家，爸爸问：“你今天咋一天没带手机都忍住了？”

人家一听，马上嬉皮笑脸地说：“糟了，穿帮了！”

“穿帮？什么意思？”

她眼珠转了几圈，表情很复杂的样子，然后坦白说：“前几天交的是个模型机。”

天哪，这纯粹是把我们当傻瓜！

我马上就炸了。见我训她，她还振振有词：“谁让你管我的！”

气得我差点揍她，心想咋生了这么一个玩意儿！

她还说：“我买这个模型机，本来也不是对付你们的，是我们班主任最近非让交手机，我才在网上买的。这不，刚买了没几天，就被你们发现了。”

关键，这次还不是我们自己发现的，是她心虚，不打自招，否则，我们还要被蒙在鼓里多久，都不可知啊。

我对她一顿狂呲，她也不反驳，一副冷眼旁观的样子，就好像我在说别人的事。

我的猪队友老公还在一旁偷偷乐，估计还觉得他姑娘聪明吧！

我那个气啊，可是暴风雨能持续多久呢？发脾气也很累人啊。很快我就偃旗息鼓了。

只好在朋友圈里吐槽一番，还被朋友笑话我老眼昏花，连模型机都看不出来了。

可这玩意儿做得真的很逼真啊，她天天睡觉前放在我们房间的书桌上，谁会想到去检查。说到底，还是我们太信任她了。

等上课时，我也给学生们分享了这一段故事，惹来哄堂大笑。学生说：“老师你不要生气，不是我们狡猾，是你们太弱！”

看来，手机真是亲子关系和师生关系的死敌啊！

都说天下没有斗得过孩子的父母。是啊，斗不过就斗不过吧，输赢其实各有代价。

一代一代都是这么过来的，往好处想，与孩子斗智斗勇的最大好处就是预防老年痴呆了吧。

2019 年 7 月 19 日

被打败的女魔头之随手记

礼　物

一

周天，从乡下一回来，儿子就让我帮他找一个盒子。

我问："要干什么用？"

"你别问了，反正我有用。"

"我不问清楚，怎么知道你要多大的盒子。"

"不用很大，和牛奶箱子差不多吧。"

我帮他找了一个。

一会儿，他又翻出胶带什么的，捣鼓半天，一个打包得很漂亮的盒子出现在我面前。盒子四面还画着图案，正面画的是个蛋糕，还请他爸帮他在旁边写上了名字。是他学校好朋友的名字，还是位女同学！

原来如此。我恍然大悟，又不禁偷笑。

前几天，他就说他同学 12 月份要过生日了。

我说："还早，到时看怎么一起庆祝呗。"

儿子说："你别管了，我自己准备礼物就是。"

爸爸说：“那你给她画幅画吧，或者做张贺卡，她肯定喜欢。”

儿子瞪着眼，使劲摇头说：“女生都是喜欢猫猫狗狗，怎么会喜欢画呢！我要送她个布娃娃啥的。”

哈哈，看见了吧，这就是直男爸爸和暖男儿子的差距，一个大人还不如一个小孩体察入微。

但儿子制作的包装盒里面到底装了什么，我也不知道。我拿起来晃了晃，很轻，发出叮叮当当的声音。

儿子说：“保密，这是我给她的惊喜。”

好吧。

第二天是周一，起床后，儿子还给每天接他的阿姨在微信上留言，说下午接他的时候，请阿姨把这个盒子带上。

我也没在意。等阿姨下午问我时，我说：“不用了，生日不还早吗！”

结果下午回来，娃生气了，怪阿姨没把盒子给他带去学校送同学。

娃说：“我都告诉同学了，不能说话不算数！”

我看他那么认真地撅着小嘴，要哭的样子，赶紧给他道歉。

第二天，又到了下午接孩子的时候，我们终于把礼物带上，亲自交到了那位同学奶奶的手上。

儿子一个劲问我：“她会喜欢吗？”

我说：“我不知道啊，等明天早上她来，你可以亲自问问她。”

周三下午我接他，正好碰见同学的奶奶。我俩聊起这件事，奶奶说：“我孙女可喜欢了，晚上去散步都带着那个盒子，不让大人看。”

等儿子出校门，我问他：“你问了吗？她喜欢吗？”

儿子说：“我没好意思问。”

我把同学奶奶的话转告给他，这娃高兴极了，一直问：“真的吗，真的吗？”

然后我忍不住八卦了一下：“妈妈很好奇，你的礼物都有些啥？”

儿子说：“告诉你也没啥，有一个小熊，就是姐姐上次去英国游学带回来的那个；有一副扑克牌；有一个会发光的发卡；还有个铃铛钥匙链。”

“嗯，想得很周全嘛。她一定喜欢，你真是个细心的好孩子！”

“当然，她可是我的亲妹妹啊！”

“啊，难道我还有一个失散多年的女儿？”

等第二天早上起床，这娃又说：“妈妈，我做了一个梦，梦见我和妹妹一起去南部山区玩。”我哑然失笑，我们两家人之前真的一起去过那里。

儿子又说：“看来，我是真爱她啊。”

老妈的本性又出来了：“那你告诉我，你更爱妹妹还是妈妈？”

这样的问题，难不倒我家聪明的娃，人家马上说："爱妹妹是一倍，爱妈妈是两倍！"

嗯，过关，耶！

看来我儿简直是双商爆表啊，妈妈放心了，那些古老的伪命题以后也不会干扰我家小侠的。

二

本以为礼物事件告一段落，没想到还有后文。想想颇为有趣，行文记下，免得遗忘。

还是周三，晚上临睡觉了，儿子突然又开始翻东西。问他干吗，他也不告诉我。他先翻出来一些笔、订书钉、卷笔刀，最后又去爸爸的办公桌里拿了一本告示贴，告诉我："我还是告诉你吧，这是给我们唐老师准备的。"

"为什么啊？是唐老师也过生日吗？"

"不是，我那天告诉了唐老师，说我给妹妹准备了生日礼物。我怕老师伤心，觉得她没有，所以赶快给她也准备一份。"

我逗他："那麻烦了，还有其他两位老师不是？"

"没事，这些东西都是文具，他们可以一起用。"

我看了看，文具不多，说："那多准备点吧。太少了，分不过来啊。"

"不用，我知道，我说拿几个就几个。"

"好吧，都听你的，那我们找个漂亮点的袋子装起来。"

等我把东西都装好，儿子又问："你知道我为什么要送老师告示贴？因为唐老师说她记性不好了，这个可以用来做备忘录。"

"是吗？她亲自给你说的？"

"不是，我中午睡觉偷听老师们聊天，听见的！"

"看来老师们说得对，你在学校是真的从来不睡午觉啊。"

"呀，不好，被发现了！"

看着他一脸无辜的小表情，真是可爱极了，哈哈。

早上上学时，儿子生怕忘了带礼物给老师，反复确认。到学校后，儿子亲手把礼物交到唐老师手上。关于儿子准备这份礼物的心意，我也给老师们说了，大家都很感动，都说这孩子真是太会体贴人了。

放学后，儿子问我："妈妈，你说，为什么，我这么喜欢送人家礼物？"

"可能因为你知道，大家收到礼物都会开心，所以希望身边的人都开心吧。"

"嗯，我以后还会让大家开心的。"

是啊，在成长的路上，去感受爱、积蓄爱、付出爱、分享爱，是一种能力，也是一门功课。孩子，我相信你，你会做得很好的！

鳌子小姐

2020 年 2 月，非常时期，闲居家中已月余，无处可去，只能天天在家各种琢磨吃。俩娃也起了重要的推动作用，每天吃着这顿，就开始问下顿吃什么。

不胜其烦之余，其实也乐在其中。闲着也是闲着，不如升级厨艺。只要有原料，那就撸起袖子加油干呗。

做菜对我来说本就不是什么难事，于是乎，每天川菜、鲁菜、粤菜轮番上阵，尽力把两位小主伺候开心。

俩娃吃高兴了，要求也越来越多。

有一天女儿说：“好久没有吃煎饼果子了。你懂的，亲爱的妈妈，我家最美丽的厨娘!”

她每次想提什么要求，总是用这样起腻的咏叹调说话。

我回她：“少来这套。对不起，本南方人从不做白案面食。”

儿子也上来起哄：“就是就是，好想念煎饼果子啊。拜托了，好妈妈!”

俩娃这一番哄啊，当妈的最架不住这个，只好咬牙应承：

“要不，试试?”

我从来不吃煎饼果子，但经常在外面给娃买，记得些步骤，想着照样子比画应该不难吧，于是在网上找出相关视频，各种学习。

虽然一看就会，就怕一干就废。于是，我反复给娃们打预防针，让他们做好如果失败了就吃方便面的准备。

记得老公以前还在网上买了一个鏊子，家用迷你型的，买回来试验过两次都没成功，就弃之不用了。

一番好找，最后在犄角旮旯处终于找到了。努力半天总算清理干净，放炉子上，刷油养养，做预备工作。之后，调面糊又用了一小时。(此处略去五千字。)

手忙脚乱两小时后做出了几个煎饼果子，除去第一个用作清洁刻意废弃，第二个因忘记刷油全部粘锅以外，另外三个还算像样，成功出炉，受到二位戏精小孩的花式吹捧。

客观来看，这玩意儿顶多算是煎饼果子的亲戚，但味道还真不错，尤其饼皮比外面卖的还要酥脆。

于是乎，这一次算是稀里糊涂成功了。

午饭后，见女儿主动要求刷碗，我就知道这人又有新主意了。

果然，这位说：“妈妈，晚上我请求再吃煎饼果子。”

“啊，No！这玩意儿这么麻烦，做这个比做一桌满汉全席还心累。”

“哎呀，你已经很成功了，晚上会更成功的。你难道不想爸爸也尝尝你的手艺吗？”

“不想。你们描述一下就可以了，让他耳朵听听美食也一样。”

“喂，弟弟，你说，晚上要不要再吃煎饼果子啊？”

另一位小戏精马上领会精神，两人上演了一场对手戏，动作、表情、语言都配合得相当到位。

总之，他们又得逞了。

接下来，又重新调了一盆面糊，饧好，一番操作。（此处再略去几千字。）

晚上的作品更成功。可能因为那个鏊子养过来了，不再粘，很快我就摊了六张煎饼果子。结果，爷仨梗着脖子，风卷残云一般，全部拿下！

我光看着就饱了，对北方人好的这一口，我一直吃不习惯。

晚上，我对女儿说：“明天早上不要吃了吧？”

姐姐说：“其实也可以再吃，不过，我们还是让我家鏊子歇歇吧。”

我心想：你妈我还不如一个鏊子，我不要歇歇吗？

确实，煎饼果子固然好吃，可是收拾起来太难了。灶台上留着各种面糊面皮，鏊子四周也有糊的地方。

我说：“得好好把鏊子清理一下，保养保养，别再生锈了。”

女儿一听，立马学开美容技师说话的腔调，也不知道从哪儿听来的，惟妙惟肖：“噢，亲爱的鳌子小姐，欢迎您来到本店，我们将竭诚为您服务。我先看看您皮肤的基本情况。

“嗯，您的皮肤发黑，需要先做一个去角质的项目。清洁完以后补水，然后再补充胶原蛋白，最后一步补充精油，您就可以漂漂亮亮地去约会了。”

我一听，大笑，太有趣了，于是也配合她：“这位妹妹说得还怪好呢，可是，这些项目都怎么收费啊？”

“分388元、588元、888元三种套餐，价格不一样，产品不一样，技师也不一样。”

“哦，那给我来个388元的套餐吧。”

“对不起，做388元套餐的技师没有来。”

“那588元的吧？”

“对不起，今天我们只有做888元套餐的技师上班了。”

“那好吧，888就888吧。你一定要把我捯饬得漂亮啊。”

“放心，亲爱的鳌子小姐，从这道门走出去，您就是最精致的鳌子，因为您值得拥有。”

听完姑娘这一套，我已经笑得不行了。都啥啊，满嘴跑火车，一套一套的。我说：“你以后千万要走正路，你这嘴可别去干传销，坑死人啊。”

说归说，事实上，我家的鳌子小姐，最后还是由孩子爸来做完一整套保养的。这位办事仔细的人，把灶台都擦得干干净净，洗好鳌子后，再给它刷上油，最后用保鲜膜包好放起来。

姑娘说：“看，像不像是在给它敷面膜！”

我俩又一阵大笑。

这就是我家的鳌子小姐的故事。

非常时期，我们即便困在家中，也能在一粥一饭里感受幸福。能看见彼此、陪伴彼此，何其幸哉。

只愿那些替我们负重前行的人，也早日和家人团聚！

等疫情结束，一切正常后，希望千家万户的鳌子小姐、锅子先生，都好好地和主人在一起，彼此珍惜、彼此善待。毕竟，有烟火气的家就靠它们了！

写给十八岁

亲爱的女儿：

很久没给你写信了，所以要感谢学校这次为你们准备的成人礼，也让我有机会提笔梳理一下你的成长历程。

记得有那么几年，妈妈因为求学不在你身边，除了通电话，我还会给你写信。尽管你那时还认不了几个字，但你总是很骄傲地说：“别的小朋友都没有收到过信。”

这些信因为搬家丢失了不少，回想起来，内容无非是述说对你的思念、絮叨一些家常，也有校园生活的趣事。可能当时你并不能理解，但是知道你收信很开心，我勤力写就对了。

后来回到你身边，一家人终于团聚了，你开心得不得了，再也不用担心妈妈开学又走了。就这样，在父母每天的嘘寒问暖中，你慢慢长大了。

和天下所有的父母一样，我们的心情是既欣慰又不舍。

怎么那一点点高的小丫头一下子就长大了呢？比我还高一头。

原先那么黏人，天天要妈妈搂着才肯睡觉的小丫头，现在却成了回家后进了房间就锁门，不让父母动她任何东西的大姑娘。

原先那个天天嘻嘻哈哈，有很多问题的小丫头，现在却动不动就和妈妈掐，以指出妈妈言语中的逻辑错误为乐趣，还美其名曰真爱才会互怼。

好吧，我就当是青春期遇上更年期的火花四溅吧。

作为父母，你的各种叛逆，我们大多数时候都能理解和包容。这是成长的必然过程。

有时我也会用日志记录下我们之间的种种争执，想着将来看看也是很有意思的事情。

一晃，你要迈入十八岁成人的行列了。对未来，对这个世界，即将成人的你有很多的憧憬，有很多的规划和期盼，这是我们父母也曾拥有过的宝贵的少年情怀。但高三，同时还是一个少年迈入青年的关键时期。

所以，在这个人生的关键时期，爸爸妈妈想对你说的是：你是个聪明的孩子，但要更加踏实。

一直以来，对你的学习，爸爸妈妈的心态是比较平和的，那是基于对你学习自觉性的信任。

进入高中之后，你积极参加社团活动，担任各种社团职务，对学习倾注的精力远远不够，学习成绩下降很多。但我们并没有特别责怪你，只是希望你能更加踏实，把心收回来，适当减少一些课外活动，排除干扰。

学习不能只靠聪明，踏踏实实地学，才能进步，才能不辜负你自己选择的人生。

你是个有个性的孩子，但要更加谦逊。

从小，你的个性就很鲜明，也许是因为我们给了你一个比较宽松和民主的家庭环境。但随着你年龄的增加，爸爸妈妈发现，你的个性有时会让别人对你产生一些不必要的误解。

你可以保留自己的个性，同样也需要谦逊地对待他人，这不矛盾。要学会求同存异，你的自我不能给别人压力，这是你要学习的处世之道，也是你将来安身立命的根本，这非常重要。

你是个有想法的孩子，但要更加努力。

就在不久前，你做出了留学的决定。为此，你特意找我们长谈了一次，详细阐明了你做这个决定的理由。虽然这个计划确实与我们最初的设想有很大出入，但你的决心还是打动了我们。一家人随即调整了节奏，来适应你新的学习步伐。

做出这个决定，虽然说明你的心气很高，但不管是在国内还是国外，走每一条路都是需要奋斗和努力才能到达目的地，毕竟没有人能随随便便成功。

作为父母，我们尊重你的想法，也尽全力支持，但勤奋苦学这一点我们帮不了你，全靠你自己。

努力的人才会有好运。

最后，希望你在高三这一年中，能拼尽全力，达成所愿。

我最爱的姑娘啊，世界在等待你的探索，努力奔跑吧。

永远十八岁，永远心怀热望！

妈妈

即日

赤子之心

夜里三点多醒来，辗转反侧，听音频、看书都无法让她再产生睡意。

快天亮时，她感觉像背了一块巨石，背无法正常挺直。只好去药箱拿了个暖宝宝贴到背上，回来再倒在床上，继续歪着。

丈夫出差没在家，还好是周末，不用早起送儿子上幼儿园。

迷糊中，儿子轻手轻脚地起床上厕所。这孩子特别懂事，自打告诉他以后起夜自己去就行，他就每次都轻手轻脚，尽量不吵醒妈妈。

回来以后，他披上衣服，拉开窗帘，倚在床头看起书来。

见妈妈睁眼看他，他问：“妈妈，你背上贴的是暖宝宝吗？你不舒服吗？”

“是。”

“给你捶捶吧。”

“不用了，好多了。”

“我去给爷爷打电话，你再躺躺吧。”

说完，他就起身去打电话。

大概爷爷不在，只听儿子说：“奶奶，你记性不好，你拿笔记下来，我告诉你妈妈哪里不舒服，等爷爷回来你再告诉他。”

接着就是一二三四的分条陈述，逻辑清晰，事无巨细。

当奶奶问：“你妈妈还有哪里不舒服啊？”

儿子甚至连昨晚在她脚上发现老茧都汇报了，听得她忍俊不禁。

打完电话，儿子走过来说：“你放心吧，奶奶都记下来了，等爷爷回来就会给你开方配药的。吃完药就好了。爷爷看病可厉害了。”

“谢谢你，好孩子。”

“妈妈，你饿吗？我给你煮元宵吧。你不是爱吃吗？”

“你小心别烫着。”

“没事，用电磁炉。上次你不是教过我吗。”

过一会儿，这小人儿真的端着碗进来了，还好是隔热的碗。他小心地放下，不好意思地说：“对不起妈妈，我煮的元宵好丑，都破了。”

“没事，能煮熟就很不错了，一样吃。”

她端起碗一看，一碗汤里就飘着一个元宵。看着这个咧着嘴的元宵，她忍不住笑了，笑着笑着，眼泪也出来了，最后掉进了碗里。

这时女儿也起床了，也过来问了问，见无大碍，就给她和弟弟做了早餐。无非是烤面包一类的，对付一顿。

儿子以最快的速度吃完，又搬了个小凳子坐在床边，说话陪她。看着他忙前忙后，像个小大人一样，她的心里无比感慨。

过一会儿，她想去上厕所，儿子又说："妈妈你等一下。"

跟着，儿子起身给她端来一盆水，放到地上。

她问："干吗？"

儿子说："你不是要尿尿吗，这样就不用去厕所了。就像我生病时那样。"

听儿子这样一说，她忍不住大笑，笑过之后感觉眼眶又湿了。

这时女儿已经收拾完毕，要去补课，顺路送儿子去上美术班。儿子又说："要不我就不去了，在家陪你吧。"

"不用了，你去吧，妈妈休息一会儿，好点就去接你。"

儿子走后，她发现自己枕头底下放了一叠纸巾。

等到中午，她还是不想动弹，就发信息给儿子同学的家长，让帮忙接一下娃，顺道送回来。

等儿子回来，她问："放那么多纸巾在我枕头底下干吗？"

儿子说："我们都走了，万一你想吐怎么办？不能吐在床上啊。不过，就算你吐在床上，我也不怪你，谁让你生病了呢，放心吧。"

闻言，她真是心中百感交集。作为母亲，为了儿子，她放弃了很多，但儿子回馈给她的却更多更多。

去年，因为游泳着凉，儿子高烧四十度左右，他爷爷给他开了中药，可病情一直反反复复，到最后几乎是吃什么吐什么。即便如此，他仍然非常配合，每次吃药，坚持坐起来穿上围裙，怕弄脏衣服。就是在半夜，也得穿戴整齐才喝药，懂事得让人心疼。

前后差不多一个星期，体温总算控制下来。

她那段时间正好课多，只好让阿姨过来帮忙。她每天中午一下课就往家赶。记得儿子生病的第三天，见她回来，哑着嗓子说："妈妈，我知道你快回来了，就给你准备了睡衣。你看是这套吗？这几天你晚上照顾我都没咋睡觉，你辛苦了。快把睡衣换了，舒服些。"

顺着他手指的方向，只见一套睡衣整整齐齐地摆在那里。

孩子的话让她不禁热泪盈眶。高烧昏睡了几天的娃，刚有点好转，心里就挂着她，叫人如何不动容。

都说，小孩子对父母的爱是与生俱来、不打折扣的，此言不虚。

父母爱孩子，基于本能，也基于对孩子的希望。

在父母的想法里，孩子最好按他们的期望成长，按他们认为的康庄大道去走，成为他们想让孩子成为的那个人。

而相比之下，孩子爱父母，是没有条件的，如果一定要说有的话，那便是陪伴。甚至，即便父母没能给予足够的陪伴，他们大多也选择原谅。

就像那些留守儿童，不管父母离得多么遥远，几年才能回家一次，他们都依然执着地盼着爱着他们的父母，从不抱怨。

所以，这种无条件的爱是我们大人需要学习的。

正如这样一个普普通通的早上，是孩子的体贴温暖，让她忘记了身体的不适。也是孩子的爱，时时都在提醒她：像孩子一样，做个温暖的人，永葆赤子之心！

彼得纪事

一

彼得是一只小兔子，来自盛产大葱的章丘，准确点说，是来自亲戚家。经儿子再三邀请，这只小兔不远百里来到我家。我们都决定要好好照顾这个新成员。

第一步，就是为它命名。我说：“叫汤姆吧。动画片里不是有只什么兔叫汤姆吗？”儿子一脸嫌弃地说：“那是汤姆猫，那只兔子叫彼得兔！”

“不好意思，我弄混了。”

于是这只小兔就有了名字——Peter（彼得）！一听就很洋气。

儿子还说：“你以后也要叫我的英文名。”

“好的，Chris 先生。”

第二步，就是安排彼得的房间。

我们为它选择了阳台房。来的时候它有个笼子，把笼子放在阳台上，下面铺上一些花花绿绿的报纸，再放一些新鲜的蔬菜，大功告成。

彼得适应得很好，在阳台房里开心地蹦蹦跳跳。

虽然很想按照《木兰辞》的最后几句来证明一下彼得的性别，但Chris先生不允许我提溜它，只好作罢。

尽管不辨雌雄，彼得胃口很好是无疑的，一天到晚都在吃。

一开始我是买菜给它吃，后来发现这家伙太能吃了。说明一下，当时是夏天，大白菜已经两元一斤了，它一天就能解决一棵。其他馒头、蔬菜、水果更是来者不拒，统统拿下。

我一看这位的饭量实在有点惊人，伙食费太高，就去找市场那几家相熟的菜贩要菜叶子。人家一听都说："我这不要的叶子多了，养十只也管够！"同时也同情地说："大夏天，养兔子，啧啧！"

这是我有生以来第一次饲养宠物。

记得小时候家里养过鸡，那也是妈妈为了我和哥哥能吃上鸡蛋养的，谁会把它们当成宠物伺候呢？

所以，我对彼得即将带来的麻烦还不以为意，饶有兴趣。

解决了吃食问题，剩下就是另一件大事：除臭。

彼得简直就是一个造粪机，自打它进门，我当之无愧地荣升为铲屎官，半天就得清理战场，要不那味道就会"香飘万里"了。

我从网上搜了搜，才知道养兔子居然有很多道道儿，别的不说，光除臭土就得好几元一斤。好家伙！养它比养儿子还贵呢。

想到连 Chris 先生从小都是我照猪养的，这可不行！

我决定自己动手，丰衣足食。我从网上买了个大的底料盒，自己在楼下花园弄了一大桶土回来，还拜托阿姨从她家楼下也弄不少土来，也算是纯天然的除臭土了。

从此，每天早上我给彼得弄吃的，并负责打扫头天晚上的便便。

下午阿姨上班，负责给彼得打扫上午产生的便便、换土、换报纸。大家分工合作，忙得不亦乐乎。

至于 Chris 先生，他只负责不定期投食，以及监督我给彼得的伙食是否充足。

二

一天早起，我发现阳台的地上有堆小纸屑，撕得很碎的样子。

儿子说不是他干的。

一番现场勘察后，我断定这是彼得同学干的。

因为我发现，这些纸屑就是贴在阳台墙上的世界地图，它居然把上面的南极洲啃了一半，胃口真大啊。

真想问问它是怎样做到的。

我把它的笼子提到一边，离地图远点，省得它再祸害其他大洲和大洋了。

我先生说了，根据他小时候养兔子的经验，小动物还是喜欢贴墙根，觉得有安全感，把它放到正中间它会作乱的。可我也顾不了那么多了。

果然，不久后阿姨发现，这家伙不知道是为了表达抗议，还是确实无聊，居然像小狗一样偏腿尿尿，射程还很远，总是尿到垫子外面。没办法，我只好又给它买了塑料台布，铺满整个阳台。这下够大了吧。

时间一长，彼得还显现出各种萌宠习性。

比如，每次听到脚步声，它不管嘴里在吃什么，都会立马扑过来，两爪挂在笼子的栏杆上，做起立状；头还钻出笼子来瞅着你，活像一个眼巴巴的孩子在馋东西吃。

哪怕笼子里有足够的食物，它始终对吃的来者不拒，喜新厌旧。

再比如，有一天我先生心血来潮，晨起跑步，从山下弄回一袋青草，满以为它会喜欢，结果人家根本不吃。

还是 Chris 先生说："肯定是彼得被我们喂得挑食了。这种草太老了，除非是没得吃，不然它才不要吃呢。"

貌似有理哈。

女儿有时也会和她弟一起逗逗彼得，挺开心的样子，但也只是逗逗而已，其余啥也不管。

只听这位说："看，它会起立呢，再训练训练，说不定还会敬礼！"

儿子说："你还是放过人家吧。"

俩宝有时高兴了，还会在吃饭时学彼得。

想象一下，两人不用手，也不用筷子，龇着牙，比赛吃生菜，看谁快！

那画面真的很美。

有一次，弟弟听见我在阳台对彼得说："你太能吃了！"

这娃还不愿意，说："拜托，老妈，你就别说它了。这是我哥们儿，给点面子。大不了我少吃点，省点给它吃就是了。"

我说他："你那小猫一样的饭量，你就是不吃，也不够它吃的啊。还有，你也来负责一下彼得的便便问题行不？"

人家一听马上捏着鼻子跑开："不要不要！"

唉，看来还是塑料兄弟！

相比只负责逗玩的姐弟俩，我先生就发挥出他的专业优势，一直致力于改善彼得的居住条件。

比如，他看见阿姨每天打扫得怪辛苦，就抽空把我从网上买的塑料盒垫高了一层，又用锯子锯掉前半截，做成抽屉状。这下阿姨换土清理就容易多了。

彼得同学也住上了楼房，通风、视野都更好了。

又比如，看见彼得在笼子里蹦来蹦去，这位先生又问了："你说它的爪子会不会被这个铁条硌疼啊？"

"咦，这个考虑问题的角度真是清奇啊，难道还要给兔子打个铁掌？"

几经测量，他说要给彼得的笼子垫上木板，这样彼得睡觉才舒服。

我说：“那便便怎么漏下去呢?”

“我有办法，就在笼子的角落给它设计几块木板，不铺满就行。”

我听后心想，设计师就是强啊，这是安个微型榻榻米的意思?

这样说来，彼得也算是一只安居乐食的兔子了。

总而言之，彼得一天比一天幸福，只苦了我和阿姨。天越来越热，每天无论怎样打扫清理，仍然不敢打开阳台门，否则会让人以为来到了饲养场。

连 Chris 先生都说：“现在我做梦都总闻到农村的味道了!”

三

两个月的时间，彼得长势喜人，看上去长了好几斤的样子。

我这高级饲养员，天天尽心尽力地琢磨着它的吃喝拉撒，一会儿想着笼子得换个大的了，一会儿看见它有些脏了，又想给它洗个澡。

可听人家说，兔子不能洗澡，洗了就生病，只好任其保持原生态了。

爸爸还说：“应该给它买个绳子，带它去遛遛。”

“啧啧，我天天连俩娃都没空遛，还遛兔子，你真能想。”

不过我还是在网上买来兔绳，想着让这位去遛吧，顺便减减肥，可人家也只是纸上谈兵。

又问儿子："那你遛遛你哥们儿去吧！"

人家也不去，说怕丢人。

遛兔子而已，丢人吗？

虽然少见点，但我感觉应该觉得拉风才对啊！

我自己呢，也没法去。

除了没时间，腿脚也不利索。我怕彼得一开心，撒开腿和我赛跑，把我或彼得弄丢一个就不好了。

想想，一开始儿子想邀请彼得来家里，我是不同意的，一怕麻烦，二怕养不活。但见儿子坚持，念及自己小时候也羡慕那些能养宠物的同学，就答应了。

把彼得带回家来，果然有各种麻烦，可我与它在各种麻烦中也慢慢处出感情了。

每天，我去阳台给彼得添上几根萝卜、几片叶子，有时还会坐下来看它吃东西，高兴时还给它说几句话。

它好像也能听懂我的指令，比如最简单的趴下、起立什么的，它都能照办。我生气训它的时候，它会拿眼睛瞅我，像在争辩一样，委屈死了。

我慢慢明白那些养宠物的人的心情了。以前我还觉得他们对宠物的那种爱表现得太夸张，现在我自己也深有体会了。

不过，后面又发生了几件事，让养彼得成了难事。

一是菜叶子的供应断了。因为创建卫生城市，街道严查，所有菜贩的门前不能留存垃圾。除非我每天天不亮就去拿，不然等我去的时候，那些店铺早就没有剩菜叶了。这还在其次，主要是，马上开学，这学期课多，我也怕没有很多时间照顾它。阿姨更是不胜其烦，多次表达了意见。

我犹豫了几天，痛下决心。

先和 Chris 先生商量："要不把你哥们儿送走，送回章丘老家行吗？"

没想到他马上同意了。我本来以为要费好一番口舌呢。

人家说："送吧，反正开学我也没时间和它玩了。再说，彼得实在是太臭了，我在房间里都不敢开门了。"

"哼，当初来的时候，是谁说照顾它，又是谁说不怕臭的？彼得来了以后，你啥也不干，现在新鲜劲儿过去了，你也舍得让你哥们儿走了。"

老公也同意，说："越养越舍不得，早送早好。"

女儿更不用说了。感觉最舍不得彼得的还是我啊！

这一家人，看来都是塑料哥们儿。唉。

于是，在某天清晨，爸爸把彼得送回了章丘亲戚家。

在那里，估计没人会给它铺木地板、盖楼房了。但我相信它一样会茁壮成长，因为那个院子里还有很多它的兄弟姊妹，可以和它一起玩。

我们这些城里人，喜欢它的可爱，却都嫌养它麻烦，还是乡野更适合彼得的天性吧。

今年元旦，章丘老家来人，我问："彼得呢？"

人家笑而不答。

唉，我懂的，这是彼得作为一只普普通通的兔子的命运。

无论如何，谢谢它曾经在一个夏天，带给我们全家实实在在的快乐。也许很多年以后，它也会出现在 Chris 先生回忆童年的文字里。

记得《小王子》里有一句：“我在我的星球驯养了一朵玫瑰花，我帮它浇水、给它捉虫，我花在它身上的时间，让它成了这个世界上独一无二的花。哪怕我来到别的星球上，那些花园里成千上万的玫瑰花，都不及我的这一朵！”

所以，从这个角度说，彼得不只是一只会起立作揖的兔子，还是 Chris 先生的好哥们儿，更是我在我家这个 404 号星球上，亲手驯养的玫瑰花啊。

因为我们彼此的陪伴，让它成为这个世界上独一无二的花，一朵虽然不香却最特别的玫瑰花！

杂感篇

厨房里的西西弗斯

无意间翻出一个小本子，算以前写的主妇日志吧。虽然没有坚持，只断断续续写了半年，不过，却真实记录了我当时的心迹。

翻开首页，就看到这样一句：

> 我是厨房里的西西弗斯。不过神话里的西西弗斯，推的是巨石，现实生活里的我，推的是一地鸡毛。

我顿时被自己的神来之笔惊到了，这真是我写的？要不是翻出了这个本子，我根本不记得自己在某一天，居然有了这样的领悟。

后面写的是：

> 2013 年末了，感觉这一年时间飞快，做了些什么，却想不起来，也不值一提。每一天，忙的好像就是一日三餐、照顾家人起居、接送孩子这些。这是天下大多数母亲任劳任怨干着的工作，虽然单调繁重，让人疲倦，但也没

什么好抱怨的。让我警醒的其实是它的永无止境，是它的意义何在。

像我一样，对自我有所认知的主妇，我们，都是厨房里的西西弗斯。

每一天推巨石上山，等巨石滚下来再推上去，周而复始，无休无止，就是西西弗斯的宿命。因为他开罪了诸神，所以要接受惩罚。

那么我呢？我这西西弗斯，谁是我的天神？我犯下了什么罪？

难道是因为所谓原罪？

可我们不是无神论者吗，为什么要相信原罪？

难道是为了让我们自己惩罚自己？

还是爱情让我们自愿接受惩罚？

又或许，这就是家的代价，是爱的代价，是甜蜜的惩罚？

不甘于此，又无力反抗，不如记下。流水账也好，白日梦也好，希望将来的我能好好看看，中年的我，是怎样挣扎在生活无形的网中。这些文字就将成为我自己消耗时光的凭证。

看完，我不禁凝神，这是我前几年的思考吗？今年呢？今年，马上又过完了，和去年有什么变化吗？看着镜子里的自己，好像除了多了几条皱纹，也没有别的。

如果你问一个主妇："过去的一年，你有什么收获吗？有什么业绩吗？"

回答大多是没有。

当然没有。她多半只能回答你：娃大了一岁，娃的鞋和衣服又小了一号；自己老了一岁，又胖了几斤，和老公、婆婆的关系缓和了一些或者更差了一点。如此而已！

你如果再问她："大数据时代让她生活有什么变化？"

她肯定也没啥好说的。这个时代对她最大的改变，就是她学会了使用朋友圈，能够晒吃晒娃晒自拍。

是无奈更是事实。

可是此刻，坐在书城的落地窗前，冬日的阳光照在脸上，我的脑子里又有了以下的想法：

也许，西西弗斯推的巨石，那是他生命不可承受之重。

而我，以及像我一样有所思考的主妇们，推的是一地鸡毛，是我们生命不可承受之轻。

按照加缪的说法，西西弗斯最终获得了救赎，是因为终于有一天，西西弗斯在这种孤独、荒诞、绝望的过程中发现了新的意义——他看到巨石在他的推动下散发出一种动感庞然的美妙，他与巨石较量所碰撞出来的力量，像舞蹈一样优美。

他开始沉醉在这种幸福当中，以至于再也感觉不到苦难了。当巨石不再成为他心中的苦难之时，诸神便不再让巨石从山顶滚落下来。

如果这种说法真的成立，那么好吧，我等主妇们要想获得重生，也可以自救。

首先应该像西西弗斯那样，热爱上那些表面上徒劳无功的劳作。在与一地鸡毛的抗争过程中，不断找寻力与美的平衡，用自己最优美的姿势，将这些单调重复的劳作编成一个独舞。把家当作舞台，只管翩翩起舞，哪怕无人观赏和喝彩。

是的，以热爱工作的态度热爱上我们的一地鸡毛，以明知巨石还会滚下仍不遗余力的淡定，去接受没有人为你评职称、发奖金，没人在你名字后面称呼你职务的现实。独自起舞吧，自己为自己喝彩，自己和自己讲和。

当我们处理这些琐事能越来越得心应手的时候，当我们在厨房中能以一级指挥的姿态，自己一个人完成一首交响乐，而且还不以为苦的时候，我们就能拥有自由的灵魂。

我想，终有一天，人们会意识到主妇是世界上和其他职业一样伟大的职业，就像人们认为西西弗斯是伟大的那样。

伟大在于她们无声无息的牺牲。

伟大在于她们对徒劳无功事物的坚持。

伟大在于她们安于接受时光的流逝，接受镜中的白发。

我们应该尊重她们，爱她们。

这是我在 2015 年末的思考，特意记录下来。也许等到 2016 年末，我又有新的想法，那时可以凭此对照。

也谨以此文，向天下所有辛劳的主妇致敬，愿我们都能在平凡中达到自我和解、自我救赎。

2015 年 12 月 29 日写于书城

一个人的博客

终于开通博客了，尽管大家早都不玩博客了。

可谁叫我总是那种后知后觉的人，从来跟不上潮流，慢的往往不是半拍，而是整整一首歌。

但我对自己说，如果确实跟不上伴奏，或者配乐都跑了，那就清唱吧。有人鼓掌固然不错，没人喝彩也无妨，别忘记自己爱唱歌的初心就好。

所以，博客想写就写吧，写给自己，督促自己从懒惰中警醒。

当然，选择开博客来写，还有一个原因。原来习惯写了东西就去投稿，一没有动静就不愿写了。这样想想，自己还是有些功利，所以要先找个一亩二分地写起来，学学老农，只管耕种、浇灌、施肥，静待秋天就好。不需要有人关注，一个人埋头苦干就好，有一块庄稼地是自己的就好。

若干年前，博客盛行时，也有朋友建议说："你也应该有个博客，便于激扬文字、指点江山。"

可那时我却不感兴趣，觉得自己的生活干吗要广而告之。

就连 QQ 号和电子邮箱，我也是为了保证基本的交流和办公便利才坚持使用的。

前两年微信开始流行时，我仍然是无动于衷，直到女儿戏说：“我妈妈是个不会用微信的人，所以在我心目中没有威信。”

好吧，为了改变孩子心目中的落后形象，我才又学会使用微信。

从最初不明白为啥人人机不离手，到自己丢掉了多年养成的睡前阅读的好习惯，也进入到刷屏的大军中。

从最初嘲讽朋友们的各种秀恩爱、晒美照，到现在自己也会不时地晒出一天的行程，诸如看电影、看演出、聚会、吃美食等。

从最初对那些摆拍或者使用美颜的人轻度嫌弃，到自己也成为发图晒娃的宝妈。

就是这样，和多数人一样，我被科技发达的成果裹挟，花大量时间和精力在手机上，有些自责，又有些无奈。

和 QQ 相比，有了智能手机的助力，微信更让我们无力自拔。

尤其是朋友圈这个东西，兼具广告发布、心情释放、生活分享、信息传播多种功能，非常神奇，可谓神器。

这个神器让我知道，我原来有这么多朋友。

电话本里那些沉睡了很多年的号码，再次被激活，那些山河故人的生活突然没有时差、没有距离地出现在我面前。

以前我只能通过自己的想象，或通过电话那头的简短叙述，对他们的生活略知一二。而现在我可以随时随地知道他们每天在怎样活着。除非，他们也有意隐藏，不发朋友圈。

第一次见面的人，不再是交换名片，而是变成了互相扫一扫。

原来分别时总说“有事打电话”，如今也变成了“微信聊”。

而且常常忘记备注对方的微信名，等以后在微信里开聊，讲半天，既不知道这是谁，还不好意思问。

鸡同鸭讲的笑话免不了。

要想了解一个刚认识的人，也变得容易起来，只要打开他的朋友圈，看他发的文字和图片，基本就能知道他的职业、家庭情况、爱好或其他经历。

当然，对此也要保持清醒的认识，那些只是他希望让人看到的样子。

更多的情况是，那些不断被转发分享的链接、广告、鸡汤文、视频、截图、公众号，不知不觉间，浪费掉我很多宝贵的时间。

那些本该晨读或夜读的时间，本该陪家人运动、给孩子讲故事的时间，都被一条条看过就忘的信息，一个个笑过即忘的段子，一段段没头没脑的搞怪视频占用了。

以前我一年最少可以看二十本书，今年连十本都没有。

多少个深夜，得等困意来袭才能放下手机。窗外一片寂静，一天又过去了。多少人熬夜不睡，还在手机里追剧、吐槽、修图、晒图，寻找和证明自己的存在。

每当这时，才发现了解朋友的生活，或者晒出自己目前的生活，一点也不能改变我们心里的孤单。

我们的眼睛很忙，因为忙着去看别人的生活。

看啊，他们在聚餐、在小资、在旅游、在恋爱……

我也要！

我们的手也很累，因为要一直拿着手机，要忙着打字、点赞、收赞。

一条朋友圈发出去，就一直等，不停地看，看有没有人应和。

如果一个朋友很久没有给你点赞，也许你心里就会开始猜：他是对我取消关注了吗？是对我有什么意见了吗？

总之，就是这样，我们在不自觉中被这万能的朋友圈裹挟了，每天的各种心潮起伏都要告之天下，唯独忘了给自己的心腾出点空间来，让它也静一静——发呆、打坐、不说、不听、不看！

谁也别理我，我也不想理别人，可以吗？

让我慢慢想想生活本身的意义。

好吧，谨以此文写给 2016 年年底的自己。愿即将到来的 2017 年，我能从逃离朋友圈开始，躲进我一个人的博客。希望我能静下来，慢慢坚持写下去，写写那些年、那些事、那些一路走一路散的同路人，兑现多年前自己对自己的承诺，成为那个想要成为的自己。

Be it，not do it！

我读鲁迅

这是我盼了很久的一套书——《鲁迅全集》，共十八卷，如今终于可以拥有。感谢家人辗转从西单书城托运回来。唯有认真拥读，方不负此意。

初中的时候，我是学校附近租书铺的常客，但凡是梁羽生、金庸、琼瑶、亦舒、严沁的书，我基本都看完了。因为租书都是按天计费，为了省钱，有一次，一部《鹿鼎记》上下两册，我一晚上就搞定。

因为老师和家长三令五申，禁止看通俗小说，怕对我们产生不好的影响，所以借回家后，它们通常会被套上各种封皮，伪装好了再放在我的案头，让我偷偷欣赏。

但不管大人们怎么认为，就我个人而言，这些书确实完成了我的文学启蒙，也使我练就了一目十行、过目不忘的本领。

那时满脑子除了书生剑客的快意恩仇，就是才子佳人的花前月下。直到有一天，我发现这个世上不只有这些，我的读书喜好也开始有了一个极大的改变。

起因是有一年，我转学去了一家乡村中学，时间很短，却遇上了一位与众不同的语文教师，一位年轻的“老夫子”。无论他上课的风格还是个人言行，都与乡村中学那种与世隔绝的环境格格不入。

这让我对他另眼相看。一个人肯坚持自我，不随波逐流，在当时的我看来，叫有个性。

难得的是，他对我也青眼有加，对我的作文一概大圈大点，几乎次次范读。

可惜不久后我就转回城里的中学，不得不离开。

临行前，他送我一本《呐喊》，上面还用娟秀的楷书写着“××同学惠存”。书的版本很老，薄薄一册，但装帧设计非常简练大方。

没想到，打开这本书后，我一下子迷上了这些文字。虽然是古怪又生僻的句法，可就是没理由地喜欢，喜欢这种文白相杂的文风，也或许是喜欢它的难懂。

少年时代的我就是这样，认为似懂非懂也是一种意味，不必全懂，也不必真懂。

反正，从这以后，我终于知道这个世界上精妙的文字有很多种，绝不只是华山论剑和烟雨蒙蒙。

后来我又特意去找了《彷徨》来读，读完后，整个人都震住了。书不厚，都是短篇小说，但我却感觉这书写尽了中国人的前世今生，让我小小年纪明白了很多东西，关乎历史更关乎人性。

当时我暗暗许愿，这位先生的书，我一定要全部拜读完。

后来上大学，我又喜欢上了周作人的美文。

按理说，这对兄弟的作品风格截然不同，可我照单全收，毫不排斥，有时把两人的文字对比起来读，反而觉得很有意思。

这两位先生，年轻时曾经也志同道合、诗文相酬，可惜最后却彻底决裂。个中细节，成了一段文坛奇案，更是很多刻薄者嘴里的八卦。但我觉得那又如何？兄弟俩的作品本身不比这些八卦精彩？

年轻时的我，也曾好奇于人生的诡异，有很多事想不明白。如今几十年过去，对于兄弟二人的分道扬镳，我已经有了更深的理解：无他，性格使然！

值得一提的是，那时我无意间觅得一本《周作人传》，是北京大学中文系教授钱理群先生写的。

我读完很激动，觉得钱先生写得太好了，把我心里很多的疑问解开了。为此，我特意给钱先生写了封信。记不清写的啥了，应该是表达自己受到先生的鼓舞，有志于投身文学的心情吧。

没想到，钱先生还给我回了封亲笔信。信的大意是理解我这位文学小青年的心情，可文学作为爱好就行了，若真致力于此，未必是上佳选择。教授还以个人经历为例，说了投身文学事业的不易，劝我慎重。

这封信，至今保存完好，它真实地记录了一个文学前辈与文学青年的真诚沟通和平等对话。

感念那个美好而纯真的年代！

这件事，钱先生肯定忘了，但他给了我很大的鼓励，也教会我在多年后，努力成为一名真诚谦和的教师，与学生平等对话。

大学毕业后，我的职业跟文学真的没有关联，但心中那个火苗并没有完全熄灭。兜兜转转，几经努力，我终于在而立之年再次和我的缪斯女神重逢，成了中文系的一名大龄研究生。

进校后选研究方向时，我曾想着攻读鲁迅研究，一偿所愿，可因为某些原因，我最终退却，很是遗憾。

不过我还是安慰自己，以业余的身份一样可以圆梦。继续当这无用之用的粉丝，继续热爱这些文字，单纯而无须功利，不必担心写出的论文没地方发表，不必比较谁的导师更有名。

人到中年，辗转一路，我终于真正懂得了一些人情世故，对鲁迅先生的文字有了更深的体会。他写的岂止是那个时代，他写的是一部中国人的人性史，他笔下的种种怪现象，有些在今天不还继续上演着吗？

研究者通常都认为鲁迅先生的文学成就和思想高度主要在杂文，的确，因为先生创作的杂文，无论是数量还是质量，都显现了他那只如椽大笔的功力。在先生的带动下，杂文这个短小精干的文体得以在当时的文坛盛行。

但我更喜欢先生的小说，《呐喊》和《彷徨》里的任何一篇，无论选材技巧还是文笔，放在今天也依然后无来者。

有些文学狂人讥讽鲁迅先生写不出长篇小说来，试问，在洞悉人性的伟大作品面前，长篇就一定比短篇高级吗？

还有人叫嚣，要搬走鲁迅这块挡住他们去路的大石头。

其实，他们是在害怕。如果他们足够强大，完全可以无视这块石头，迈过去就行。

他们害怕这块石头的高度和硬度，更害怕它的照明度，因为它的存在，照出了国民的先天不足和不愿改变。

鲁迅先生不是完人，更不是圣人。

他只是个太认真的人，认真到较劲的地步。在那样的年代，那样的环境，鲁迅先生的棱角让人害怕，他又从不掩饰自己的鲜明态度，所以树敌无数。

当年，不论在北京还是在上海，他一方面扶持新晋作家，另一方面坚持创作、出版刊物，与此同时，还要忙于和别人论辩，总有打不完的笔墨官司。这是性格使然，更是环境使然。

对于他的敌人，先生即便在生命终结时，也只留下一句："我不宽恕，一个也不！"

这掷地有声的一句话，也是被人诟病多年的一句话。想想，人之将死，居然有人敢其言不善！

可这硬邦邦的一句话，却让我心生敬意。这得有多么强大的内心啊，让他去另一个世界之前，也要继续做“横站的战士”！

这些文坛纷争孰是孰非，很多人根本无法理解。

但我愿意相信，对鲁迅先生来说这些争论很重要，他在坚持他的理想和是非观。你可以不同意，但是不能不让他发声，不能不让他用笔和你辩争。

众所周知，鲁迅先生的杂文，胜在其战斗性。一翻开他的书，里面的各种机锋和剑气就扑面而来。

而我个人喜欢先生的杂文，却不在其战斗性，不在其作为匕首、投枪的有效性，而在其逻辑的严密性，在其推理的精确、令人莞尔的预设，在其旁征博引的知识性，在其不露声色的讥讽，等等。

就像陈丹青先生曾经说过的：“鲁迅其实是个很有意思的老头子，很好玩。”

此语一出，鲁研界可谓一片哗然。

这么一位被供上神坛，被多数人认为除了严肃就剩下乖张的大文豪，居然被一个画画的小子拉下神坛，还被封了个“好玩”人的名号！

可以想象，一群捧着鲁迅作品吃饭的夫子嘴都该气歪了。

而我对陈先生此说，却深有同感。鲁迅先生的确是位幽默大师。

因为在那些匕首、投枪般的文字背后，不时闪现的是这位老夫子的童心和天真，令人捧腹。

随便举个例子，像那篇《论“他妈的!”》，轻描淡写中，就显现出先生“嬉笑怒骂皆文章”的不凡功力。

不信大家可以找来一读，并注意坐稳些，免得笑倒。

我，一个热爱鲁迅先生作品的小学生，除了纸上谈兵，就在先生这十八卷书中，感受那个狂飙突进的时代的刀光剑影，倾听一个民族的呐喊吧!

莫辜负

有一部日本纪录片，主人公是一位年近七旬的料理大师，做了一辈子三文鱼，技艺精湛，远近闻名。

大师回忆自己年轻时拜师学艺，总感觉做鱼很容易。有一天，他的师傅让他独立做一条三文鱼，他很快就完成了，让师傅品尝。

师傅尝完说：“你只是完成了这道料理，但你辜负了这条鱼，你应该对它说声‘对不起’。

“你知道三文鱼的一生吗？它们历经千辛万苦才能逆流洄游到出生地，每条母鱼产几千个卵才能存活两条。这些幸存者最后被摆在你的面前，成为你的食材，你对它的任何一点点马虎随意，都是对它的辜负。

“做鱼，看起来很容易，但想做好每一条鱼却很难。我用了一辈子，都不敢说自己做好了这件事。所以，不要辜负你手里的每一条鱼，这就是我对你的忠告。”

师傅的话，如醍醐灌顶，从那以后，这位年轻人潜心修炼厨艺几十年，最终成为神一样的存在。

看完这部片子，我很受启发。

想想，像这位大师一样，一生就专注于一件事，这样单纯而深刻的心意，我们普通人要经历多少磨炼才能体悟啊。

后来，我上课时也会给学生推荐这部纪录片，希望孩子们看完也和我一样有所收获。

前几天，正好遇着什么事，我一下想到这个故事，于是也把它讲给儿子听。小朋友似懂非懂，只觉得那位师傅说的话很有趣。

没过几天，有朋友送来一条很大的石斑鱼。我其实对做海鲜并不是很擅长，毕竟从小在内陆城市长大，几乎没有吃过海鲜。多亏在深圳那几年，我好歹学到一点皮毛。在我的印象中，石斑鱼都是清蒸，于是翻出家里最大的锅，准备开始做鱼。

正在收拾鱼的时候，儿子突然走进来问："妈妈，你有没有对这条鱼鞠个躬啊？"

我一听，哈哈大笑说："呀，忘了！"

我知道那个故事他听进去了。

我立马退后几步，对着案板鞠躬说："拜托了，鱼啊鱼，让我把你做得好吃一点，对得起你辛苦辗转的一生吧。"

两人大笑。

我继续收拾完，上屉蒸鱼。

遗憾的是，这鱼太大，蒸的时间长了点，最后的成品品相和味道都不大好。

先生说：“可能还是怪这条鱼冻的时间过长，不够新鲜，所以才会这样。”

虽然他安慰我，我还是真的觉得有点难过——这条不远万里而来的鱼就这样被我辜负了。

儿子说：“可能你早一点对它鞠躬就好了！”

我说：“对的。如果从它刚被渔民打捞上来开始，每一个经手它的人，都对它表示谢意的话，它会更加美味的。”

女儿说：“还有，你在做以前，应该先给它做按摩，让它放松，它的肉是不是就更加鲜嫩了？”

我想想，好像也有道理。

的确，对食物，除了珍惜，我们还要学会感恩。

很多国家吃饭前都有祷告仪式，因为他们知道，任何食物从种子开始，要经历多么漫长的时间，要经过多少人的劳动和付出，才能最后成为餐桌上的美食。

所以，既要感谢天地、感谢食物本身，还要感谢每一个付出劳动的人。无论是辛勤耕种的农夫、不辞辛劳的商贩，还是为大家辛勤烹饪的厨师，他们都值得感恩。

即便我们没有祷告的仪式，但心里也应该有这样的感恩之情。

这个三文鱼大师的故事尽管表达的是对厨艺追求的一种极致，但其中蕴含的道理，推及日常生活，也同样适用。

就像作为老师，你如果知道你班上每一个孩子的家庭都经历了多少艰难，才把他或她送到你的面前聆听你的教诲，你会像随随便便做熟一条鱼一样随随便便机械地教他们知识，再送他们毕业吗?

必然不会!

作为工人，你要是意识到一件产品经历了多少道工序，经过了多少个工友之手后才交到你的手上，而且后面还有人要继续下一道工序，你会随便应付完成吗?

必然不会!

正因为如此，那位料理大师对待鱼的态度，才会达到近乎偏执的地步。

当他做鱼时，不是用手，而是用心在和鱼对话。他的眼睛看到的不只是那条鱼，还有它悲壮的一生，所以他会虔诚、静心，所以他做出来的不是普通的料理，而是艺术品。

同样，这份艺术品让他也变成了艺术家。

这也许就是人们常说的“不疯魔不成活”吧!

所以，我们也要学会不辜负，不辜负生命里点点滴滴的美意。

哪怕是一条不远万里奔赴而来的鱼，哪怕是生命里的一个匆匆过客，哪怕是一片飘到你头顶的雪花，甚至是一场不期而至的雨，我们都可以对它们说声：“谢谢你来，拜托了!”

思　念

去年买到一本书，是台湾作家吴念真写的，名字叫《这些人，那些事》。

这是吴先生近些年来发表的短篇小说和散文的合集，篇幅短小，但故事性很强。感觉里面的很多篇章任意延展一下，就可以是一个好的电影脚本。

吴先生的文笔一向干净简练，他讲起故事来平心静气、轻描淡写，却让你听完感觉意味深长，回味无穷。

无论小说还是电影，他的作品都是我的心头好。

这本书里我最喜欢的是《思念》。

故事说的是，有个一年级的小男孩喜欢同桌的小女孩，常常回家给父母提起她的种种琐事，一副开心到藏不住笑的样子。

双方父母都知道孩子的心意，对他们的两小无猜都小心呵护，从不说破，哪怕是不经意的玩笑也不舍得说。

可是，三年级的时候，小女孩一家要移民。他们的父母都特别担心孩子难过，没想到孩子们的反应却出乎意料的平淡，他们友好地互赠礼物，再彼此道别。

女孩走后，日子平平淡淡地继续往前。他们一家和女孩的联结，好像只有那张压在书桌玻璃板下面的，女孩妈妈手写的地址条。

故事到这里，似乎也很快该结束了，生活中这样的事情太多了，对吧。从小到大，我们会有很多同伴，不管愿不愿意，很多人走着走着就走散了，对于这一点，随着年纪的增长，我们也就慢慢视为常态，不再纠结了。

可是吴先生没有急着收笔，接着慢慢讲：突然有一天，男孩激动地跑回家，手里好像捏着一个什么东西。

（请允许我以下三段引用原文，因为转述无法体现吴先生的文笔高妙之处。）

> 他冲着爸爸喊："看，这一定是＊＊她的头发，我们今天大扫除，椅子都要翻上来，我看到椅子木头缝里有头发……"孩子讲得兴奋又急促："一定是她以前夹到的，你说是吧，爸爸。"
>
> "你……要留下来做纪念吗？"爸爸问。
>
> 孩子突然安静下来，然后用力地不断地摇着头，但爸爸看到他的眼睛慢慢冒出不知忍了多久的眼泪。他用力地抱着爸爸的腰，把脸贴在爸爸胸口，忘情地号啕大哭起来，而手指却依然紧捏着那几条正映着夕阳的余光在微风里轻轻飘动的发丝。

故事到这就讲完了，让人意犹未尽，却回味无穷。

故事里还有个细节特别动人，说老师在联络簿上给父母写了一件事：

女孩有回上课咳嗽，男孩就一直皱着眉看她。

老师发现了，问他："是嫌她吵着你了吗？"

男孩说："不，我是看她咳得这么辛苦，我想帮她咳！"

老师最后写道："我觉得好丢脸，竟然用大人这么自私的想法去揣度一个孩子那么善良的心意。"

看到这里我非常感慨，这是位多么善于自省的老师呀。还有，故事里孩子的父母对孩子纯洁心灵的小心呵护，也是非常难得的。

细细想来，在孩子平静的外表下面，其实也隐藏着深深的思念。他知道他得接受分开的事实，可是仅仅一根头发就能让他勾起压抑已久的思念。这是多么单纯而洁净的思慕哇，这也许就是赤子之心吧。

看完这一篇文章，我如获至宝，颠颠地拿去给女儿看："看看，快看看这篇好文章。"

记得那天已是深夜，女儿看完后把书还给我，说看完了，神情很平静。

"怎么样？怎么样？"

"不错啊。"

"就是还不错？"我有些生气了，声音也高了许多。

"是呀，很普通啊，就是讲一个小孩子暗恋呗！"

“气死我了，这是暗恋吗！呃，不聊了。”

这样断章取义的读者，恐怕作者知道也要摇头了。

我这聪明绝伦的姑娘怎么在欣赏文字上面就是不开窍啊。从小带她看名著，她就是不喜欢。没办法，人家就喜欢玛丽苏一类的网络小说。

这样的文学趣味，我直接投降了。

女儿看我急了，说：“好好，你说说你觉得哪里好！”

我拿出给学生讲文学鉴赏课的劲头，开始哇啦哇啦讲了一通，自认为讲得很精彩。女儿沉默地听着，最后看着我的眼睛说：“妈妈，你居然掉眼泪了。”

“有吗，我可能是太投入了。”

“我明白了，妈妈，你一定是想念你的某个小伙伴了……”

姑娘说出这话，我知道，聪明如她，即便还是没懂这个故事，但她已经懂我了。

回乡随想

年初，为了陪伴年迈的父母，我又一次独自返回故乡。

一年又一年，朋友们都说：“一看见你，就知道一年又过去了。”

对，我就是那候鸟，不过不是为了气候迁徙，而是因为远嫁。

一回到小城，熟悉的风景、熟悉的阴天、熟悉的乡音，都让我觉得自己好像从没离开过。

我从来没有离开过，对吗？

其实，从大学毕业第二年，我就已经离开了，远走他乡。这是年少时无知无畏的选择，如今的我无力挣脱这种忠孝难两全的困境，只能一年年地在路上奔波，尽最大的努力多陪伴父母。

回到家中，看着年迈的双亲每天颤颤巍巍地只能勉强自理，原来最喜欢四处走的父亲终日蜷在家里不再下楼，我的心情很沉闷。可我除了尽力照顾和陪伴他们，也没有别的办法可以减轻衰老对人的折磨。

那晚，我终于想找朋友聊聊，约了一位老友，说好顺便去看望他父母。

他在路口等我，我刚下出租车，就见他笑嘻嘻地捏着个拳头，对我说：“你大老远来，没得啥子给你的，给你这个。”

摊开一看，居然是两块硬糖。

我一下就乐了：“啥年纪了，还吃糖？”

看着这两块普普通通的薄荷糖，就是在商场柜台上常见到的那种，突然觉得近来的沉闷压抑都烟消云散，心里暖暖的。

老友就是这样，不需要提起，永远也不会忘记，不管分开多久，再见仍仿佛昨天刚见过一样亲切自然。

去他家见到他父母，都已是行动不便的白发老人。

可不，一晃我们都是奔五的人了，何况父母。

从他家出来，他问我怎么回家，我说打车吧，结果看见街边有助力车，我说：“要不骑车？”

他很好奇：“你会骑助力车？”

“小瞧人，摩托车驾照我都有。”

于是我们一人骑了一辆车，穿行在大街小巷。

风在耳边轻轻吟唱着，年少时的情景一幕幕在眼前飘过，就像路边的霓虹灯一般不停闪烁。那一刻，我的眼眶不知不觉中湿润了。

我放慢速度，想好好看看我的城，我的故乡啊。

记忆里曾经落后破旧的小城，如今变得这么美丽繁华。以前，河这边的老城是市中心，也是我们这帮厂矿子弟成长的乐园。

如今，整个城市的中心转移到河对面，新城高楼林立、人潮汹涌，而我们自己，也像蒲公英一样被风吹散在各地。

年少轻狂的我，当年头也不回地离开，一路奔向自己以为的星辰大海。

可人到中年后，才发现故乡永远是内心最柔软的那个地方，才发现不管走多远，我对故乡的眷恋不曾减少半分。

人生的路很多很长，但回乡的路永远是最吸引我的那条。

老友停在前面等我，他自然不会知道我心里的波澜。我们一起并排，骑过一座又一座桥，要不是他带路，我一定会迷路。

小时候，故乡可没有这么多桥。

只要沿河边走上不远的一段路，就会有一个渡口。没有专门的艄公，多半是对岸的菜农兼做着，坐船的人只要冲着对岸大声喊一句“船老板过来”，一只小小的渡船就会慢慢划过来。上船随便给个一毛两毛的零钱，扔在篓子里就是船费了。

记得哥哥在河对面上高中时，每周回家一次，都要坐船往返。他坐船的渡口还有专门的纸制月票，过河一次只要几分钱。我那时很羡慕哥哥，觉得拿月票坐船好神气。

不过，那真是太久远的事情了。

前年带孩子回家，还特意去寻过渡口，想重温一下童年时坐渡船的快乐。结果问了许多人，他们都笑我：“到处都是桥，哪还有渡船。想坐船去公园不就行了。”

我不信，沿河走了几里地，发现从前那些大大小小的渡口都已荒废，就连写着渡口名字的石碑也爬满了野草，最后到底也没能找到一条渡船。

它们和时光一样，都消失不见了。

在一路如雨丝飘飞的思绪中，车终于骑到了我家楼下，老友也上楼看望了我父母。

我送他出来，和他挥手再见，再望着他的背影渐行渐远。

想起他父亲刚刚和我聊天，老人说："听说你大学毕业后又去读书了？"

我说："是。"

"现在在干吗？"

我说："教书。"

老人说："你混得不错，我儿子就不行，一辈子就是个工人。"

我只笑笑，心里想的却是：叔叔，能和子女朝夕相伴，是多少当父母的希望得到的幸福，您身在福中要知福啊！

那些飞得很高的儿女，只是看上去很光鲜，可"常回家看看"对他们来说就只能是一种奢望，他们的父母也只能默默消化孤独。

毕竟，人生安得双全？

活了半辈子，终于明白一件事：

也许终其一生，拼尽全力奔跑，我们也只能成为一个普通人。

很多时候，我们努力奔跑不是为了力争上游，而仅仅是为了不被生活的逆流冲进深渊。只是停在原地，我们就已经用出了洪荒之力。

人这一生总有很多遗憾，时光流逝，我已无力改变，只能对那些遗憾说："谢谢你们，让我懂得一切缘起缘灭。唯有珍惜！"

琴　声

我从小就特别羡慕那些会摆弄乐器的人。

记得高中时，有一个男同学是班里的音乐课代表，因为他父亲是厂工会的文艺干事，所以他家也是全厂唯一的家里有钢琴的人家。

有一次同学约着去他家聚会，我听他弹过一次钢琴。尽管我的音乐素养有限，但只看他弹琴时的样子，我就觉得太厉害了。

女儿小时候没有上过任何兴趣班或文化辅导班，因为我那些年不在她身边，爷爷奶奶自然顺从她的天性。小孩子，玩呗。

等到我回到她身边，她已经四年级了，成绩平平，加上字写得不好，我就给她报了个书法班。

碰巧那个班里有一架钢琴。有一次，遇上一个小男生在弹琴，女儿上去也弹了几下，结果那个男生不让她弹。女儿有些生气，回来就跟我说："妈妈，我也要学琴!"

我问："你确认?"

她说："是！"

就这样，我又给她报了个钢琴班。她也算是琴童里面的大龄学员了。

不过，大也有大的好处，她学琴很顺利，也很自觉，我几乎没有操心过。她一直学到小学毕业，考过六级后，因为担心初中课业重，就没有继续学琴。

但那以后，她放学回来常常关上门，随意弹奏一曲，那悠扬的琴声让我觉得当初让她学琴是对的。不是为了考到多少级，而是让她有一个抒发情绪的渠道。

有时，兴致来了，当她弹琴时，我忍不住即兴舞上一曲，加上弟弟的各种掺和，这也是我家的快乐时光。

和姐姐不同，弟弟早在六岁时就开始学琴。不过他学得非常困难，无数次要放弃。他总说："我真没有音乐细胞，我不学了！"

我对他别的事情都比较放松，唯独练琴这件事很坚持。他和我经常为这闹不愉快，还常常敷衍了事糊弄我。

没办法，都说出来混都要还的，老大躲过了，小的也躲不过，我只好硬着头皮跟他一起学！

两年下来，我总算会了几首非常非常简单的曲子。

确实，学琴太难了，我承认。

但我总想，学习不能只凭兴趣，乐器也算是抵挡平淡生活的一种工具吧。可以学得慢，可以不考级，但按照一万小时定律，只要坚持，终会有所收获的。

我对他说："放弃很容易，但以前流的眼泪、花的时间就都白费了。将来你就算还想学，也绝对拿不起来了。你这是瓶颈期，坚持坚持就好了。"

弟弟说："这个期也太长了吧，我都出不来了。"

"好吧，老妈和你一起练。"

每次家里没人，我一个人打起精神，一双手在琴键上笨拙地按来按去。女儿总说我不是弹琴，是在按琴。

我不管那么多，虽然就会那么几首曲子，但也慢慢体会到什么叫"肌肉记忆"，弹熟的曲子有时也可以闭着眼睛弹，那种下意识的弹奏状态让我很喜欢。有时，那些沉睡多年的往事、山河故人，在琴声中居然会像电影一样随机闪现出来！

每周日是儿子上钢琴课的日子。送他进教室后，我一般都会在教室外的电钢上，戴着耳机自己练习。果然，弹着弹着，我又开始进入遐思状态。

想起暑假回老家陪妈妈的事情，突然又想到老爸，想到在他有生之年我没有给他老人家演奏一曲。他是多么爱好文艺、喜欢热闹的人啊。

我享受过女儿弹琴时我在一旁静听的美好时光，但父亲却从来没有享受过。心念一起，我不免鼻子一酸，眼泪静静地流下来。那一刻，我才真的觉得他已经离开我们好久好远了。

过了一会儿，我慢慢平静下来。

都说做子女的，对父母有愧疚，在所难免。毕竟"哀哀父母，生我劬劳"，寸草之心，无以为报。

但我居然不是因为没给父母买大房子住，没让他们享什么福而抱歉，却是因为没有把我最笨拙的琴声弹给最亲爱的老父亲听而难过。想想，我又觉得有点不好意思。唉！

父亲啊，很遗憾，今生有太多太多没有陪你一起完成的事情，但我在努力像你一样做个有趣有爱的人，也在努力过好你想过却没有过上的生活。

谢谢你用爱把我养大，给我的人生一个温暖的起点，让我有勇气去面对这嘈杂和喧闹的世界。

你，听到我的琴声了吗?!

拥　抱

一晃，我已经大学毕业二十年了。同学们都嚷嚷着要举行场隆重的同学聚会，于是在被我们戏称为“成都 TV 组委会”的同学们的精心策划下，一切准备就绪后，全国各地的同学齐赴成都。

上一次同学聚会是为了庆祝毕业十周年，我没有去，这一次说什么也得参加了。我从济南赶回去的那天，大多数同学已经到了，聚会的地方在一个农家乐。老同学见面，多数同学我都能叫上名来，只有极少数人对不上号，还有几次因为喊错名字被大家笑话。

在同学名单中，我看见一个名字——阿杜，但他并没有来。忽然，脑子里一道闸门打开，记忆的洪流奔泻而出。

阿杜是我们班的体育委员，个不算高，但长得很精神，话少又实诚。我和他平时交往不多，可一件小事却改变了我们的关系。

记得当时流行一种山地越野车，挺贵的。看着别人骑上去帅帅的样子，我也很想有一辆，就努力地攒钱，主要靠平时四处投稿和做家教。辛辛苦苦攒了很久，我终于买了一辆回来，可是还没新鲜够就意外地失去了它。我至今记得那是辆锃光瓦亮的绿色二六圈车。

起因是一天傍晚，阿杜过来找我，说他一个老乡受伤了，他要去医院探望。医院没有公交车直达，他又没钱打车，所以想找我借车用一下。我本来有些舍不得，但他要去看望的老乡跟我也认识，我便没抹开面子拒绝。

我们说好晚上熄灯前就还车，可我等到很晚，阿杜也没有来找我。

第二天一早，我正在上自习，班长在门口冲我招手，一种不妙的感觉在我心里产生。果然，班长说前一晚因为阿杜没有注意看表，导致超过了探视时间，被锁在医院一晚上。我的车就停在医院门口，等天亮阿杜出去后才发现车不见了。那时候监控还不普及，不好找。

我当时一听，无论如何都接受不了。毕竟是我辛苦攒了一年的钱，花了接近三个月的生活费才买的新车，买来没超过十天就丢了。我气得浑身发抖，问班长阿杜在哪里，班长说："他不好意思见你，让我来跟你说。"

我一听，娘胎里自带的那股浑劲上来了，咬着牙，一个字一个字地说："我不管，你告诉他，反正，还我一辆新车！"

阿杜消失了几天才来找我，据说是去医院附近到处找车了，当然是无功而返。他低着头不敢看我，搓着手喃喃地说："车，我会想办法还你的。"

从那以后，他经常不在学校，见了我就绕道走。我恨得牙痒痒，可以说是气急败坏，但又无可奈何，不知道到底该拿他怎样。其实，我知道他来自农村，家里寄来的生活费也就勉强够应付生活，他肯定赔不起这车。可年少如我，总难释怀。过了很久，我慢慢接受了现实，不那么气他，也不再想着让他赔车了。

临近毕业的那个学期，突然有一天，阿杜来找我，说："走，我带你去一个地方！"

我很奇怪，说："干吗去？"

"赔你自行车啊，我终于凑齐钱了！"

我一听，当时就捶了他一拳，眼泪都要下来了："真的吗？你居然还记得！"

我欢欢喜喜地和他去了自行车市场，买了一辆新车，这次是红色的。虽然没有原来的那辆贵，但我已经很知足了。

不过，等我真的骑着这辆车在校园内外四处转悠时，却没有想象中的舒心和自在，总觉得哪里不对劲，就好像是一种你喜欢了很久的东西，得到之后却发现也不过如此的感觉。

毕业的时候，因为要回老家，车带不走，我就把它送给了一个学妹，也没有什么不舍得。

再后来，我离家南下又北上，结婚生子，创业、考研、执教，在人生的旅途中跌跌撞撞，忙得不亦乐乎。那辆车和那段记忆早就被我丢在脑后。我和阿杜同学也失联了二十年。

直到在同学会名单上看见阿杜的名字，那段尘封多年的记忆才像海潮一般，打着旋儿地涌上心头。同学会那天晚上，大家一起闲聊时，我不禁说起这事，很多同学表示当时都知情。班长问我："你知道阿杜那时为什么经常不在校吗？他是到处打零工赚钱去了，还去夜市摆过摊，暑假都没回家，就为了赔你车子。"

听完，我才猛醒，那辆车的背后，是阿杜数不清的汗水。

回想起来，我当时做得最错的就是态度恶劣，成天对他摆臭脸。他带我买车的时候，我还觉得理所当然，也没问他是怎么攒的钱。

阿杜没来参加这次同学聚会，听说是因为他在春熙路附近开了家米粉店，生意太忙走不开。

我想着，趁这次机会，一定要当面对他说声"对不起"，也算是了了我一件心事吧。

于是，同学聚会结束后，离开成都前，我特意去了趟春熙路，兜兜转转找到了那家店。一进门，我一眼就认出他，他正站在柜台和店员说着什么。他没有发福，头发也依然茂密，当然岁月的印记还是有的，谁都逃不掉。

我故意走到他面前，先在柜台上拿了张点餐单，做出要点餐的样子，然后直直地看着他，不带表情也不说话，就看他能认出我不。他先是有些疑问地看了我一眼，愣了几秒，眼睛突然亮了，脸上缓缓地浮出了微笑，就像一个慢镜头那样，先是嘴角慢慢咧开，然后是眼睛微微眯一下，再然后是眉毛上扬……

是的，我得承认，这家伙的这个微笑让我动容，这是老友意外重逢又心领神会的笑啊。

笑过之后，他好像不知道要说啥，又点头又摸鼻子的，半天冒出句："老同学啊！好久……"

看他那样，我脑子里灵光一闪，突然冒出个念头。我敲敲柜台，故意很严肃地对他说："你，出来一下！"

他搓着手，从柜台后面闪身出来，有些紧张地问："做啥子？"

我上前一步，张开双臂说："不做啥子，想抱抱你！"

他一时没反应过来，瞪大眼，确定我不是开玩笑的样子，慢慢也张开了双臂。

当我们拥抱的那一刻，我眼圈突然湿了，喉头发紧。我拍了拍他的背，什么也没说出来。那句"对不起"啊，在二十年的时光面前，好像太轻了。

如果时光能回到1995年的那个夏天，我想，我一定要对那个狼狈不堪的小伙子说声："请原谅！"

店员看见我们拥抱，都露出很诧异的表情。他们还年轻，自然不懂这中年重逢的滋味。当我坐下后，感觉一下就释然了，平复好心情后，我点了一碗牛肉粉。是阿杜亲自下厨为我做的，端上来一看，红汤鲜亮，油大臊子旺，我风卷残云地吃完，连一口汤都没剩。我直夸他家的面味道好，他却笑我是北方来的"大胃王"。

吃完饭，我们简单聊了聊彼此这二十年来的经历。人生复盘起来总是轻描淡写，像倒带也像快进。我们都没聊到那辆自行车。

临走时，在我的执意要求下，我们拍了张合影，两个加起来快九十岁的家伙，都在镜头前憨憨地笑了。我把相片发到班级群里，大家都说我俩依然年轻。

我想，老同学所谓的年轻，不过是友谊加持和回忆滤镜造成的效果，谁能逃过时光的打磨呢？但是，时光也并非一无是处，因为它给我们的脸庞刻上皱纹的同时，也会顺手打磨出更宽广、更宁静的心胸。

回到济南后没多久，我收到阿杜寄来的一包秘制辣酱调料，一大包，估计够我吃一年了。我看着这包调料，不禁想：阿杜一定也记得那辆自行车吧，它让他一夜长大，而我却后知后觉。

虽然时光不能倒流，所幸，我们还能拥抱。

一碗黄连清心汤

这两天，朋友圈开始跟风作乱，都是一部神剧《我的前半生》闹的。

在看完朋友转发的一篇鸡汤文之后，我特别想唱唱反调，撸起袖子，给大家来上一碗黄连清心汤。

作为该剧原著作者亦舒的资深粉丝，有必要说明一下：以下是我的个人之见，欢迎理性讨论，拒绝无理乱喷。

先说原著。

《我的前半生》写于20世纪80年代的香港，它与作者另外两部代表作《喜宝》和《玫瑰的故事》一样，保留了一贯的亦舒风格，那就是在言情的外表下，反映出对现代婚姻困境，尤其是对女性独立的审慎思考。

对书中的女主人公，作者一贯寄予觉醒的女性意识，只是这个觉醒往往是被动的，或者因为情人的离开，或者因为丈夫的背叛。

这些被动的觉醒者们，在作者的笔下，经历过感情和生活的双重打磨后，终于从依附于丈夫的主妇或寄希望于爱情的小女人，变成了经济和精神双向独立的现代女性。

再说说根据原著改编的这部电视剧。

其他姑且不提，该剧被大家吐槽最多的地方，就是对原著改动实在太大。

甚至夸张点说，这就是一部碰巧与原著同名的电视剧，除了男主人公名字从书里的史涓生变成剧里的陈俊生外，其他人物也都碰巧同名而已。

当然，佳清在书里是女孩，在剧里变成了男孩。

书里的子君有一双儿女，剧里只留下儿子平儿。

如果说以上属于小细节，剧本自然可以更改，但下面提到的改动就让亦舒粉们难以接受了。

比如，原著中，女主人公子君做了多年家庭主妇后，遭到医生丈夫的背叛，不得不重回职场，以一个普通职业女性的身份，重新找回丧失了多年的独立能力。这个过程艰难而缓慢，她的 Mr. right 翟先生也在原著中结尾才出场，误打误撞，两人最终走到了一起。

但电视剧中，编剧让子君和她的 Mr. right 一开场就遇见了，这个英俊帅气又多金的贺先生，居然还是子君的好闺蜜唐晶心目中的如意郎君。于是乎，原著中纯洁美好的闺蜜情，演变成二女夺一夫的桥段。这编剧也真是为了制造冲突而制造冲突啊。

又比如，原著中，子君在婚姻中知书达理，是个优雅、姿态好看的女人，还有一门挺厉害的手艺——陶艺。这门手艺让她在被丈夫抛弃后很快站立起来，和朋友自立门户，后来成了知名设计师。

剧中的子君，却只是一位不知人间疾苦的“傻白甜”，除了撒娇发嗲打扮自己，几乎没有任何生存技能。离婚后，靠着闺蜜和闺蜜的男朋友找到工作，并在他们两位的特殊关照和光环加持下，一路逢山开道、降妖除魔，不断打怪升级，最终摆脱困境，成功逆袭。

再有，原著中，唐晶比子君还现实，轻易不肯花时间和精力谈恋爱，等发现突破不了工作升职的天花板后，火速与一个条件相当的律师结婚，甚至对子君一直保密，并且很快去了国外生活。

但剧中的唐晶却追求理想完美的爱情。

这位在工作中雷厉风行的姑娘，在感情上却瞻前顾后、小心谨慎，一直错过一直作。不过她作得比一般女性高级，比如，她可以一会儿调动离开，一会儿又杀回来，而且都是以工作之名，可谓名正言顺。

一直以来，为了她的贺先生，她不惜把自己活成他喜欢的样子，或者说，她认为他会喜欢的样子。她一直在等待，等待这个她深爱的男人给自己表白。

这就让人很不理解，为什么这两人在剧中要像玩猜谜游戏那样，互相不表明心迹，又还都自认为对对方有情有义。

又不是《红楼梦》里的少年宝黛，还得互相试探、互相猜忌，用句俗话说：“大家都成年人了！”

所以，我只要一看到她和贺涵的部分，总有种很尬的感觉，有时都想弃剧了。但我还是坚持下来，就想看编剧最后到底怎么圆这个场。

还有，书中的唐晶除了给子君介绍第一份工作时，帮她写了一份假履历之外，并没有对子君的逆袭提供更多的帮助，而且在结婚后她也迅速离开了子君的世界，任由子君在现实中挣扎。

书中还写到，唐晶的闪婚出国对子君打击很大，甚至不亚于丈夫的背叛，但这最终也促进了子君的彻底独立，放弃对所有人的依赖和幻想。

但剧中，唐晶却像子君的保护神一样，不离左右。她可以帮子君打小三、除对手、灭渣男，替子君挡住各种明枪暗箭，毫无怨言。

反正，在知道自己的贺先生居然爱上子君，痛极翻脸之前，唐晶堪称史上最强闺蜜。如果没有唐晶的一路护佑，子君根本无法成功逆袭。

凡此种种，如果你也看过原著的话，一定也会认为这部剧已经被改得面目全非，类似于一个娃变得连亲妈都认不出来了。

那么，编剧为什么要这样改呢？

很简单，如果按照原著来写剧本，就是一个被离婚的女人逆袭的励志故事，如果没有这些狗血的桥段，估计几集就可以讲完。

所以才需要改动，也因为这些改动，剧情必须不停地调整才能趋于合理。

你想啊，贺涵和子君两人最早是那样的针锋相对，互相对不上眼。

一个看不上锦衣玉食的阔太的无知聒噪，一个瞧不起自命不凡的精英的天然优越感。要怎样才能让这两个天雷地火的人最后放下成见，彼此相爱呢？

这可难为编剧了。

观众又不傻，为什么贺先生放着举案齐眉的唐晶不爱，偏偏去爱从云端跌落到凡间，被打回原形的子君女士。那得跨过多少大江大河，才能转过这个弯来。

这不，编剧足足铺垫了三十多集才让贺先生向子君表白，但仍然无法让观众信服。

原著中，涓生出轨的是一名过气女明星，对这位女士，作者三言两语交代过去了。但剧中，却变成了和男主角一个公司的同事，最后子君还要去同一家公司上班，三个人都够添堵的了。

所以编剧是唯恐天下不乱啊，毕竟这一堵，就能堵出几十集！

最后，劝大家清醒一点。这部电视剧包括原著，大家看看热闹就是，千万别当真，罗子君的逆袭纯属意淫。

不信，建议追剧的迷妈们，去读下鲁迅先生写的《伤逝》。

在这篇小说里，鲁迅先生以一贯犀利的笔法，描写了一对青年男女的爱情悲剧。书中，打败男女主人公爱情的，不是小三，不是恶婆婆，也不是嫌贫爱富的丈母娘，而是面包！

简而言之，就是痴情女的理想主义败给了屌丝男的现实主义。

书里面也有个子君，大家可以看看她的结局，是何等凄凉。

这位姑娘曾经勇敢追爱，不惜与家人决裂，离家出走，并说过：“我是我自己的，他们谁也没有干涉我的权利！”

可这份勇敢的爱情在残酷的现实面前，却显得那样脆弱。

没过多久，子君的梦就醒了，被父亲接回娘家后，在众人的指指点点中，很快抑郁而终。

至于男主人公史涓生，别说是百万年薪了，不过是连子君养只猫、养几只油鸡都要埋怨的小公务员。

当他失业后连自己都养不起时，子君、油鸡以及那条叫阿随的狗，都成了他的负担，她们自然要自寻出路了——子君走了，油鸡被吃了，阿随也被他放到野外去了。

亦舒女士一直承认自己是鲁迅的粉丝，所以她这本《我的前半生》也是在向鲁迅先生致敬，就连原著中的主人公名字都和《伤逝》的一模一样。

和《伤逝》不同的是，亦舒给这个悲伤的爱情故事披上了现代人的衣装，并且运用她的生花妙笔，加上了一个读者都喜欢的完美结局。

可事实上呢？

现实当中的子君们，多半碰不到陈俊生那样有钱还有良心的前夫，虽然背叛家庭，但还能分出家产安顿子君、弥补孩子。

也不会有唐晶那样能干贴心的完美闺蜜，总是在危急关头挺身而出，像韦驮一样护佑自己。

现实中的子君们，大都家世普通、学历普通、能力普通、口才普通，可能连双鞋都不会卖，何谈混进500强公司，碰到贺涵那样的高富帅？

所以关上电视，下半生的幸福，需要自己好好努力！

因为不管是谁的前半生，也不管这个前半生过得怎么样，反正，作为普通人的你我，如果后半生不努力，可能连饭都吃不上……

亦舒的书，女人都喜欢看，是因为她赋予了我们一个假象，就是离开目前这段不如意的婚姻或爱情的牢笼，等待我们的就是美好的明天，就像离开涓生，就一定还有更好的家明在向我们招手。

其实呢，如果没有一颗自由强大的心，没有一双能自食其力的手、一副能挑起生活的好身板，没有独立思考的精神，哪里都是牢笼，再好的家明，有朝一日也会变成涓生。

当然，这些体会，也是我到中年时才懂得的，年少时如何能懂。

那时的我，只要看见亦舒师太的书就迈不开腿，总是以最快的速度借来读完。现在想来，无非是看别人的故事，流他们的眼泪，想自己的心事。

所以，女同胞们一定要看清现实，不要被时下流行的甜宠剧或玛丽苏小说里的情节迷惑。如果没有经济实力，没有安身立命的本事，女性何来的姿态好看！

假设一下，鲁迅笔下的子君，如果不是生在女人需要依傍男人的年代，如果她有独立于世的本领和勇气，她的结局绝不至此。

不过，据说该剧的播出振奋了一大波家庭主妇，她们都跃跃欲试，或重返职场，或打破不如意的婚姻，这也许算是编剧的功不可没？

最怕的结果却是鲁迅先生那篇著名演讲里说的：娜拉出走以后又如何！

好吧，我承认，这碗汤也许口感不佳，有点苦，但胜在清心明目。

后　记

这是我的第一本书，也是我孕育了很久的孩子，和我流浪过的时光那样久。它也许很平凡，但却是那些一去不返的时光的无私赠予。

我现在把它郑重地奉献给大家，希望能有更多的人看到它、听到它、拥抱它。

在这里，首先要感谢济南出版社的孙昌海先生和秦天女士，因为他们的辛勤筹划，这本书才得以顺利面世。

同时，还要感谢我的家人和学生们，没有他们的支持和鼓励，我恐怕也不会克服一贯的懈怠和拖延勉力提笔，终于在自己本命年的年末完成了这本书，完成了这个多年的心愿。

最后，也要感谢看完这本书的读者们，希望你们能喜欢书里的人物和他们的故事，并和他们一样开心地笑，痛快地哭，真实地活着！

2021年10月

于济南佛山苑